FAISEUR D'ANGES

Du même auteur

Silence
Le Petit Camarguais, 2004

À marche forcée
Éditions Textuel, 2008

Tokyo
Democratic Books, 2010

À l'abri de rien
Éditions Textuel, 2012

Le Grand Incendie
Éditions Textuel, 2015

Contaminations
E/P/A – Greenpeace, 2019

Samuel Bollendorff

FAISEUR D'ANGES

récit

ÉDITIONS DU SEUIL
*57, rue Gaston-Tessier, Paris XIXe*

ISBN 978-2-02-144711-8

www.seuil.com

À mes enfants

Regarder ce qu'on ne regarderait pas, écouter ce qu'on n'entendrait pas, être attentif au banal, à l'ordinaire, à l'infra-ordinaire. Nier l'idéale hiérarchie du crucial à l'anecdotique, parce qu'il n'y a pas d'anecdotique mais des cultures dominantes qui nous exilent de nous-même et des autres, une perte du sens qui n'est pas seulement pour nous une sieste de la conscience, mais un déclin de l'existence.

Paul Virilio, *Esthétique de la disparition*,
Galilée, 1989

Quand on a une passion pour la vie, on a forcément une conscience aiguë de la mort.

Francis Bacon

I

Margot aimait la photographie. Avec ses appareils de prises de vue amateurs, à la focale fixe, elle consignait tout. Sa famille, ses enfants, ses petits-enfants, sa maison, ses voyages, en noir et blanc puis en couleur ; toute sa vie elle a classé, annoté chaque page et chaque tirage de l'album de ses souvenirs, façonnant ainsi le récit de son passage dans l'existence.

Chaque tome du livre familial avait sa couleur, sa couverture cuir ou tissu, sa bordure dorée ou ses motifs à fleurs violettes et orangées. Les feuilles de papier cristal et les films plastiques autocollants pour écrin, les photographies consciencieusement alignées, légendées de sa main appliquée mais tremblante, formaient, en images, les Mémoires de Margot.

C'est l'album d'une traversée du XXe siècle. Un album fait des portraits de son enfance, des longues poses dans le studio du photographe, des photos-cartes grisées au carton gaufré, des premières photographies amateurs et des noir et blanc aux bords crénelés de l'appareil familial. Magenta des premières couleurs des années 70, format carré des films 126 des années 80, puis Polaroid et pochettes de tirages 10 × 15 remplies des vies de ses petits-enfants avec leurs négatifs 24 × 36 découpés par bandes de six. Les pochettes publicitaires du laboratoire photographique marquaient leur époque. Chaque épisode familial avait son procédé, son format, ses dominantes colorées.

Dans ses dizaines d'albums de photos de famille, on lit un siècle de photographie amateur. C'est un précis d'histoire familiale, d'une écriture prolixe, exempte du mensonge. Mais une fresque partiale, chargée du creux de ses oublis, de ce qui n'a pas été cadré, des images qui n'ont pas été prises ou conservées, comme autant de manques et de silences. Il n'y a que des bonnes photos, les mauvais récits n'y ont pas droit de cité. L'album de la vie de Margot ne consigne que l'histoire qu'elle a choisi d'écrire, faite des bons souvenirs et détournant le regard de ce qu'elle n'a pas voulu retenir.

En vacances au Luxembourg, chez mes grands-parents, chaque fois je plongeais dans ces annales de l'histoire familiale. En feuilletant ces albums tels des almanachs, je découvrais les décors peints, des jardins fleuris, des escarpins et des dentelles blanches, des chemins de table, les faïences du dimanche, des automobiles allemandes, des vacances en Forêt-Noire, des chalets de montagne, des voyages en avion à réaction, des fleurs tropicales ; je feuilletais les vies d'une famille traditionnelle bourgeoise et luxembourgeoise dont je ne parlais pas la langue, dont je ne partageais pas la grisaille du pays et dans laquelle je n'apparaissais pas vraiment.

Notre vie était ailleurs, à Paris, dans le tumulte du début des années 80. Au Luxembourg, je restais étranger. Je n'aimais le pays que pour mon attache à la chaleur de Margot, ma grand-mère. Aussi, dans le flot des icônes familiales, je cherchais ma part de mémoire inscrite de l'autre côté de la frontière. Je cherchais des images originelles, des repères auxquels je pourrais m'amarrer. Dans ces albums, il y avait peu de photos de mon père, parti vivre en France. Il n'y avait aucune photo de moi bébé.

*

Le piqué est incertain à travers l'objectif en plastique, la cime des arbres a jauni, les troncs sont rougis par le voile partiel de la photographie ; au dos du carré de dix centimètres par dix, une date : *1980*. J'ai 6 ans.

La photographie amateur se faisait à l'Agfamatic Pocket sur film 16 mm en cassettes de vingt-quatre vues. Les numéros d'image inscrits sur papier jaune défilaient derrière un œilleton-loupe.

Coupe au bol, pull rouge et pantalon de flanelle à pattes d'éléphant, je marche en équilibre sur un de ces rochers artificiels de béton bordant les ruisseaux du bois de Vincennes. C'est l'hiver. Paul : pantalon moulant de velours beige, le corps sec enserré dans sa veste en jean cintrée courte boutonnée ; des cheveux mi-longs enrobent son visage barbu. Mon père. Un pied sur le rocher, il surveille mon équilibre incertain. En arrière-plan, la longue selle de cuir noir donne à mon vélo cross jaune des allures de choper à roulettes. Sur une autre image, je pêche dans le lac de Saint-Mandé. Je grimace légèrement à me tourner face vers le soleil et l'appareil photo.

Je ne revois mon père, un week-end sur deux, que depuis quelques années. Aucune trace des années précédentes, elles ont été effacées ou n'ont jamais été écrites. Les vides de l'album comme autant de trous de mémoire. Les photographies du bois de Vincennes sont les premières images sur lesquelles nous apparaissons ensemble.

Je vivais avec ma mère, ma sœur Lola et mon frère Olivier. Mes demi-frère et sœur. Mais nous ne vivions pas qu'à moitié. Nous ne pensions pas comme ça. Nous étions une fratrie entière et solidaire. Michèle, notre mère, nous élevait seule à Saint-Mandé dans un pavillon près du périphérique. En bas de la rue, la prostitution du boulevard de la Guyane, en haut, le bois de Vincennes. Michèle était psychanalyste. Elle recevait ses patients dans son cabinet, au rez-de-chaussée de la maison, pendant que nous occupions les chambres au premier étage. De 8 heures à 20 h 30, toutes les demi-heures, au rythme des séances, un ou deux coups de sonnette retentissaient à la grille du jardin.

Une femme seule avec ses trois enfants et des allées et venues régulières, les voisins trouvaient ça louche. La psychanalyse n'était pas dans la culture de cette banlieue vieille et réactionnaire. Les gens de Saint-Mandé votaient à droite, pour le RPR, et pensaient que ma mère se prostituait. Ils écrivaient régulièrement des pétitions aux mille fantasmes, s'insurgeant contre notre présence dans le quartier ou contre la musique trop forte, que ce soient The Clash ou David Oïstrakh ; ils imaginaient mon frère violant des filles dans le garage avec ses copains, au milieu des mobylettes 103 SP.

Au premier étage de la maison décrépie, le plancher craquait, nous ne devions pas faire trop de bruit en rentrant de l'école pour ne pas perturber les séances. Je regardais *L'Île aux enfants* et la recette du gloubi-boulga en trempant mes Choco BN dans l'eau. La couleur faisait son apparition sur notre nouveau téléviseur et l'orange de Casimir devenait ma couleur préférée. En bas, dans la cuisine mitoyenne du cabinet, il fallait carrément chuchoter lorsque nous déjeunions ou dînions de l'éternel poulet rôti que ma mère avait glissé dans le four entre deux patients. Le dimanche, elle dormait jusqu'à midi et nous transformions la salle d'attente en salle télé avec un écran de trente-six centimètres devant lequel nous mangions des religieuses au chocolat et du Nutella à la cuillère en regardant *Starsky et Hutch* et *Pour l'amour du risque*.

Trois coups de sonnette retentissent au portail. Trois *dring* qui saignent le silence de la maison. C'est le signe distinguant mon père des patients. Je sors alors par la porte de la cuisine, contourne l'arrière du pavillon, traverse le jardin devant la salle d'attente et le cabinet de ma mère, puis tourne dans l'escalier longeant la façade pour le retrouver à l'extérieur, sur le trottoir. Michèle ne veut pas qu'il entre.

Peut-être pour ne pas rester dans la rue tel un patient incertain avant de s'engouffrer dans l'instant feutré de la rencontre avec soi, peut-être pour que l'intimité de nos retrouvailles ait droit à l'écrin verdoyant et fleuri du jardin, peut-être pour voir d'un peu plus près où je vis, peut-être par curiosité pour les plantes ou dans l'espoir de croiser ma mère, souvent il a fait quelques pas, franchi la grille et gravi les premières marches du jardin lorsque je le rejoins. Une transgression que je note, qui au fond me dérange, sans que je sois capable de lui en dire un mot.

Aux trois coups de sonnette, je sais qu'il va pousser la grille et j'enfile mon blouson, je cours pour le devancer autant que je peux. J'ai l'impression d'avoir à protéger quelque chose du refuge de ma mère. Je suis imprégné de ses inquiétudes. Tout contact a été coupé entre elle et lui depuis la séparation.

Nous prenons mon vélo cross jaune dans le garage et remontons la rue en direction du bois de Vincennes que nous traversons en longeant le zoo, puis le lac couvert de barques. Mon père court à côté de moi, en pantalon de velours, jusqu'à Charenton où nous franchissons le pont, puis nous marchons le long de la Marne à Maisons-Alfort, derrière l'École vétérinaire. Parfois, il s'arrête pour cueillir des fleurs de sureau dont il fera du sirop. Il a déménagé dans un genre de barre HLM, construite vers la fin des années 70, nommée pompeusement « Domaine de Château Gaillard ».

Slimane, Manu, Pierrot, Dédé, Lolita, Mélusine ou Germaine : j'ai été biberonné aux chansons de Renaud, et à « Dans mon HLM ». La petite enseigne lumineuse en rectangle, blanche aux lettres bleues – « Gardien » –, trônant au-dessus de la loge du rez-de-chaussée, les caves, le parking, le beige de la cage d'escalier, l'ascenseur à la peinture métal rouge écaillée, les rampes en fer droit, les vide-ordures sur les paliers : les images qui m'accompagnaient quand je montais l'escalier de la chanson de Renaud avaient la lumière, l'odeur et le froid du carrelage de l'immeuble de mon père.

Pour Renaud, au huitième, il y avait sa copine Germaine. Pour moi, il y avait Paul. Il avait remplacé la serrure de la porte de l'appartement pour installer une poignée à clenche afin de n'avoir plus jamais besoin de clé.

*

Sur la photographie, le flash éclaire si fortement le salon que, par contraste, dehors, le ciel est noir. À travers les grandes fenêtres carrées de l'appartement du dernier étage, la nuit semble être tombée en plein jour. Des moineaux du Japon dans une grande cage à oiseaux en bambou côtoient la yaourtière, un papyrus, un bilboquet, des tankas. Partout, des livres et des piles de journaux qu'il n'arrive pas à jeter, *Le Matin*, *Libération*, *Le Monde*, glanés au fil de ses journées de marche en ville. À droite de l'entrée, son bureau, un temps aménagé en cabinet, n'a jamais reçu de patients.

Assis à table, à côté de sa cage en bambou, Paul regarde l'appareil photo, l'iris rougi par le flash-cube de l'Instamatic.

Son regard semble saisi, intranquille, arraché à ses pensées par le Moment photographique. Extrait de son monde.

Sur le maigre feu à gaz, Paul et moi occupions nos dimanches à cuisiner. Il attachait son tablier bleu, vidait son caddie rempli au marché d'Aligre, et nous préparions des gigots d'agneau, des viandes à la broche, des soupes passées au moulin à manivelle, des bœufs bourguignons et des pot-au-feu pour la semaine. Nous faisions nos conserves de cornichons malossol et nos vinaigres aromatisés à l'estragon.

Chez ma mère, qui travaillait toute la journée, nous avions surtout dû apprendre l'autonomie simple. Les œufs au plat, la purée Mousline, les croquettes de poisson surgelées, les raviolis Buitoni ou les boîtes de gratin dauphinois William Saurin ; la touche gastronomique consistait à ajouter un peu de gruyère râpé sur le contenu de la conserve avant de la passer au four. Le dimanche, chez mon père, j'apprenais la cuisine.

Sur la table, un litre à étoiles, une de ces bouteilles de vin en vrac consignées, siglées de quatre étoiles dans la fonte du verre, qu'il a rempli à la barrique du caviste. Je passe le déjeuner à enfoncer le petit capuchon de plastique sur la bouteille. En quelques secondes, la fermentation du vin pousse l'air sous le bouchon qui saute tout seul. J'éprouve le temps.

L'oreille ailleurs, bercée par le *tchip* des oiseaux, j'attends le *pop* et l'envol de la capsule pendant que Paul parle seul, pendant des heures. Un fait d'actualité est prétexte à rebondir sur un héros de la mythologie grecque dont le nom anglais résonne avec une phrase du pape lue dans la presse allemande lui permettant finalement de ricocher, par association d'idées, sur une scène de la Bible apprise en luxembourgeois ; son monologue foisonnant étire l'instant dans sa citadelle du huitième étage, coupée du monde. Enfant, les déjeuners avec mon père me paraissent interminables.

Le luxembourgeois n'est qu'un dialecte, il ne s'écrit pas, ou très peu. Paul avait dû faire ses études en allemand en primaire, puis en français au secondaire. Il avait aussi étudié le latin, le grec et l'anglais. Brillant, il apprenait sans difficulté les langues romanes comme les langues germaniques. Il passait son temps, sa vie même, à étudier les concepts philosophiques d'une langue à l'autre, lisant Freud en allemand et Lacan en français. Il passait son temps à chercher à essayer de traduire l'un dans l'autre, naviguant dans l'immensité de leurs résonances. Il passait sa vie dans cet espace confiné et infini du signifiant, jouant de tous les sens, maniant les concepts, nourri des plaisirs de la langue.

Son discours était fait d'exaltation et de colère. Il invoquait son salut dans le Christ autant que dans l'Europe. Une Europe qui le sauvait de la rage de son existence impossible, de sa rage envers Léon, son père, qui l'empêchait, disait-il, d'avoir « une Identité ».

La violence de son ressentiment était sans fin. Elle s'invitait dans son récit, en boucle, tel un mantra, cristallisée sur la loucherie de son père. Son strabisme lui était « insupportable », il n'était pas compatible avec l'image d'un homme droit. Léon était président de la Chambre des députés du Luxembourg, mais Paul ne voyait en lui qu'un homme « sans Loi ». « Or, pour avoir une identité, il faut un langage et des lois », répétait-il. Paul n'avait eu qu'un dialecte et ce père pour se construire. Il en était condamné, selon lui, à n'avoir qu'« une sale gueule ».

Paul était habité par une colère que personne ne comprenait, ni ne voulait supporter. J'étais, quant à moi, trop petit pour ce langage. Je n'étais pas capable d'en entendre un mot, ni les maux, perdus dans le flot insatiable des paroles de mon père. Pas plus que la plupart des adultes.

Il écoutait peu la discussion ordinaire, celle qui n'engage à rien. Le silence était rare. Il dissertait sans limite, élaborant en permanence une pensée qu'il avait plaisir à partager. Il aimait causer. Mais souvent l'immensité des ponts qu'il établissait entre les sujets et la provocation dont il jouait pour les faire jaillir insupportait ses contemporains usés qui ne voyaient là que des mots insensés. Inaccessible au monde, à sa famille et à ses proches, Paul s'était isolé. Exilé au Domaine de Château Gaillard.

*

Chez mon père, j'allais seul. J'étais gêné par les regards que les autres pourraient porter sur lui. Je ne voulais pas voir les yeux incrédules de mes copains ou avoir à choisir entre le rire immature complice et l'inquiétude aimante face à des commentaires amusés de son étrangeté. J'avais peur qu'ils ne se moquent de lui. Et moi, pas assez fort, avec eux.

Je voyais la surprise des passants avec lesquels il pouvait jouer d'une parole entendue, lisais la compassion dans les regards extérieurs et dans les réflexions lasses de ma famille luxembourgeoise déboussolée ; j'entendais la colère de Georges, son frère, au moindre mot prononcé par mon père dans les déjeuners familiaux.

Il y avait ceux qui, du haut de leur incompréhension, le méprisaient. D'autres y voyaient une intelligence avec laquelle il était possible de vivre et parfois même de discuter. Je cherchais ma place d'enfant dans ce magma.

Ma mère avait coupé les ponts avec lui. Mais elle avait surtout coupé les ponts avec tous ceux qui voulaient l'interner, et avec les sans-pensée qui pouvaient dire du mal de lui. Elle nous élevait dans le mépris de ceux qui le méprisaient. Pour nous, pour moi, il n'était pas fou, il était simplement différent des autres papas. Je devais grandir dans cette altérité.

Il me fallait parfois des heures, le week-end, avant de réussir à prendre la parole pour lui raconter une histoire à moi. Mais très vite ses associations d'idées reprenaient le dessus et j'attendais le moment où nous regagnerions enfin l'ascenseur à la peinture rouge écaillée et mon vélo cross jaune pour rentrer à Saint-Mandé, avec le pot de cornichons de notre préparation qui faisait ma fierté.

*

Dans l'appartement de l'internat de psychiatrie, le mobilier est dépouillé, les murs sont en stratifié, le portemanteau en aluminium brossé et les meubles en Formica.

Mon frère tient la main de mon père en pantalon de cuir noir et perfecto en cuir blanc. L'autre main s'élève vers la poignée de la porte de l'appartement, Olivier semble impatient. Ils s'apprêtent peut-être à aller voir la moto de Paul, une Triumph 650 Bonneville, qui fait rêver tous les enfants de l'hôpital. Leurs visages rayonnent. Ils sont beaux ensemble. Olivier, les cheveux tondus pour éviter les poux, doit avoir 4 ans. Paul sourit, cheveux mi-longs, rasé de près, les yeux grands, interdits par l'injonction de regarder l'appareil.

Paul était venu faire ses études de médecine en France, il était interne en psychiatrie lorsqu'il a vu apparaître Michèle et ses deux petits au milieu de la cour des miracles. Rapidement, ils se sont installés ensemble à l'internat. Les pavillons de pierre et de brique de l'hôpital psychiatrique de Perray-Vaucluse, en banlieue parisienne, ses fossés creusés autour de chacun des bâtiments pour empêcher les patients de s'enfuir, les infirmiers qui faisaient du gardiennage, le carrelage des chambres d'isolement, les camisoles de force, les électrochocs, les draps souillés, l'enfermement : la psychiatrie asilaire des années 70 était carcérale.

Michèle et Paul avaient fait de la psychanalyse un combat. Contre l'isolement, contre les électrochocs et la relégation de la maladie mentale, contre leur direction rétrograde, contre des infirmiers qui « frappaient à coups de pied des patients enfermés dans des cartons » – on n'appelait pas encore ça de la *maltraitance*. Ils faisaient entrer des avocats cachés dans leur 2CV jusqu'aux services fermés, pour rendre visite aux patients internés d'office. Ils combattaient, amoureux et engagés. Ils vivaient.

De cette période il n'y a pas d'images dans les albums de Margot. Peut-être parce que ma mère était une femme divorcée et qu'il était trop tôt pour ma grand-mère pour accepter de documenter ce qu'elle cachait encore aux voisins. Mais sur le mur du salon de la maison mitoyenne, où vivait mon oncle Georges, la photographie en noir en blanc de Paul et mon frère était accrochée derrière la porte.

La reproduction souffre d'un éclat de lumière blanche, reflet du flash de mon appareil photo dans le sous-verre. Adolescent, cette image me fascinait. Je l'avais rephotographiée avec mon premier appareil reflex, un Olympus OM10, acheté en Allemagne avec mes premières économies. Je voyais là les fragments d'une famille imaginée grâce aux récits qu'en faisait ma mère. La façon dont ses deux premiers enfants, Olivier et Lola, s'entendaient avec Paul, leurs voyages à moto, leur vie à l'internat ; elle aimait raconter leur liberté, leur engagement, et évoquer les souvenirs de l'histoire qu'elle avait décidé de retenir. Ma mère ne faisait jamais de photographies et cette image était la seule marque d'une époque que je ne pouvais que fantasmer, où mes parents avaient vécu ensemble. Une époque que je n'avais pas connue et dont il n'y avait aucune trace dans l'album familial.

Dans le reflet, la main d'Olivier s'accroche à celle de Paul comme à un endroit sûr, un dernier éclat, heureux, de cette famille décomposée. Peut-être que Georges avait pris cette image lors d'une visite à « la smala », comme il l'appelait, et l'avait rapportée jusqu'au Luxembourg. Il n'y en avait pas d'autres, des images de cette famille, ni de mon père avec Olivier, comme il n'y a pas d'autre image de mon père sans barbe. Et il n'y a pas d'autre image de Paul avant qu'il soit mon père.

*

L'internat terminé, ils louèrent un appartement à Saint-Mandé. Olivier et Lola étaient scolarisés à l'école Decroly, juste en face. Michèle et Paul étaient libres. Tous deux s'affranchissaient des carcans monolithiques de leur éducation autoritaire. Une enfance violente et réactionnaire pour ma mère, catholique traditionnelle pour mon père.

Decroly proposait un enseignement alternatif. Pas de notes, pas de redoublement, une pédagogie centrée sur les choix des enfants dans un dialogue permanent avec l'autorité des adultes tutoyés. Les bottes en caoutchouc dans la boue du parc arboré, Olivier et Lola apprenaient à planter des radis au milieu des lapins, des poules et des phasmes, s'initiaient à la photographie, étudiaient le français en faisant du théâtre et les mathématiques en base 2.

Dans l'appartement de Michèle et Paul, des matelas par terre, des cartons d'Évian peints à la gouache violette et cloués aux murs en guise d'étagère. Les futurs ex-soixante-huitards et les années 70 se jouaient dans un doux mélange heureux. Herbe et LSD côtoyaient les questions lacaniennes, Foucault, l'extrême gauche et les tissus Madura.

Paul était radical dans sa pensée, porté par ses convictions. Un long fume-cigarette hindou aux couleurs psychédéliques entre les dents, il écrivait à Giscard : « Si vous avez fait une psychanalyse, dites-le ! »

Les enfants, pris dans la parole politique exaltée des adultes, sembleraient aujourd'hui livrés à eux-mêmes, jouant en bas, pieds nus, sur le trottoir, provoquant la haine de la propriétaire, furieuse qu'ils ne correspondent pas aux standings dont elle rêvait pour son immeuble, et convaincue, comme tous les habitants de Saint-Mandé, qu'ils étaient scolarisés dans une école pour handicapés mentaux. Élevés dans la décadence baba-cool de parents irresponsables, ils apprenaient la liberté.

*

Selon ma mère, leur amour et la tendresse de Paul pour Lola et Olivier ont fait naître un désir d'enfant chez mon père. Selon lui, elle ne lui aurait pas laissé le choix. La vérité de l'histoire a plusieurs versions, mais aucune n'est dépourvue d'amour. Michèle est tombée enceinte.

Avec l'annonce de la grossesse, des jours entiers, Paul a commencé à disparaître.

*

« Allume la télévision, on parle de moi. »

Olivier avait 6 ans, Lola 4, Michèle, enceinte de six mois, courait les gardes à l'hôpital avec sa 2CV. Un soir de 1974,

Paul a poussé la porte de l'appartement, il n'a pas dit un mot à Michèle lorsqu'il l'a croisée dans le couloir, il s'est dirigé vers Olivier qui jouait dans le salon et lui a dit tout de go : « Allume la télévision, on parle de moi. »

Michèle raconte ce jour comme celui d'un point d'arrêt ou du commencement d'un mauvais rêve. Pleine mer, un jour de gros temps. Paul était rentré à la maison, mais il n'était plus vraiment là. La télévision ne parlait évidemment pas de lui. Exalté, il dissertait sans discontinuer, l'invectivait sans vraiment s'adresser à elle, ni à Lola, ni à Olivier, qui ne comprenaient pas ce qui se jouait dans les mots de Paul. Un flot de mots, un déluge. Son esprit brillant semblait s'être affranchi de la raison. Il était seul, avec son monologue sans prise. Eux étaient seuls, emportés par les bourrasques de ses paroles délirantes.

Après ce jour, rien ne serait plus comme avant. Paul ne dormait plus, parlant des jours et des nuits durant, sans répit. Michèle embarquée dans la tempête. Les amis, les voisins prenaient leur quart pour tenter de contenir sa conversation débordante, pour essayer de comprendre, pour s'occuper des enfants pendant les gardes de Michèle, pour faire corps, et les soutenir, elle, Lola et Olivier. Pour écoper l'angoisse.

Paul, enfermé dans son hallucination, n'était plus abordable. L'embarcation prenait l'eau de toutes parts. Les dispensaires dans lesquels il travaillait se séparaient de lui les uns après les autres. Plus personne ne voulait de lui en psychiatrie. Il disparaissait de plus en plus, des jours durant, comme une accalmie entre deux lames. Puis il resurgissait dans l'appartement sans avoir repris pied pour autant. Baignés d'injustice et de persécution, ses mots étaient violents, insultants. Un jour il appela la police et l'accueillit nu, sommant les agents d'emmener sa femme qu'il ne voyait plus que comme folle.

Le ventre de Michèle grossissait, et son angoisse grandissait. Mais les termes de la psychiatrie clinique étaient utilisés avec parcimonie à la maison, et leur emploi par le profane suscitait quasi systématiquement l'ire de ma mère. C'était un dogme, de ne pas enfermer la psyché dans un diagnostic. Elle aurait pu appeler ça une *crise maniaque*, mais jamais, jamais, elle ne prononcera pour mon père un mot aussi définitif.

Michèle essayait de tenir la barre dans le ressac. Il fallait continuer les gardes, assurer le minimum pour les enfants, tenter de préserver l'arrivée du petit des fracas. Il y avait toujours du monde dans l'appartement pour aérer le huis clos, les amis l'épaulaient, mais ils la sommaient de se mettre à l'abri. Face à Margot et Léon qui voulaient le faire interner, malgré les conseils de Lacan qui lui enjoignait de se protéger, Michèle se débattait pour que Paul ne soit pas enfermé. Elle était convaincue qu'il s'agissait d'une mauvaise montée de LSD ; elle espérait qu'il redescendrait.

Mais les mois passaient et Paul ne s'apaisait pas. La tourmente l'éloignait chaque jour plus du réel, aveuglé par le trouble, enfermé dans ses mots. Avalé par la houle. Les mois de la fin de grossesse étaient inquiets et lourds du ressac. Parfois, Paul était menaçant.

*

200 618 : au verso du papier Kodak subsiste le nombre inscrit en bleu au compteur-tampon encreur. La photographie couleurs se démocratise. Les tirages ne se font plus à la main. Margot a fait développer les photos de Noël 1974 en ville, chez le photographe de la rue du Curé, aujourd'hui un magasin de smartphones. Les tirages sous-exposés n'ont pas été correctement compensés par les premiers automatismes des tireuses fraîchement arrivées au laboratoire du centre-ville. Le fond du décor se perd dans les grains délavés. Sur les images pâles, les cheveux mi-longs de Paul se confondent avec l'obscurité de l'arrière-plan enterré. Ses joues creusées et sa barbe de quelques jours modèlent l'image. Seul le dessin marqué de son visage aigu s'extrait de la surface fanée de la photographie. Son buste frêle semble enserré dans un chandail marin à rayures blanches et bleues. Dans ses bras, le nourrisson blotti s'accroche à son doigt comme il s'accrocherait au sein. Engoncé dans un body de grosse laine jaune, débardeur kaki à motifs rouges et bleus, col en V, chaussons boudinés blancs à fleurs bleues. C'est la première image de Paul devenu père. La moue de sa bouche laisserait presque entendre les onomatopées gagas offertes au nouveau-né. Dans la pénombre de la sous-exposition, on devine la main de Michèle doucement posée sur la cuisse de Paul. C'est la seule image de mes parents réunis et la seule image de ma mère au Luxembourg. Ce geste amoureux, tendre, est pour moi l'unique figuration du lien qu'ont pu avoir mes parents. Cette image, elle non plus, n'est pas dans l'album de Margot.

*

D'une image à l'autre, l'orange est teinté de pourpre. Lola, sweat-shirt couleur d'agrume et fleurs bleues, se tient près de Michèle, habillée d'un gilet en laine de mouton blanc, ses longs cheveux noirs enturbannés d'un foulard orange. À côté, Olivier, avec sa cartouchière en plastique en bandoulière et son chapeau mexicain à liséré rouge, a des airs de Pancho Villa. Assise en amazone sur une banquette, les jambes repliées contre les fesses, pieds nus, Michèle allaite le bébé, dont seul l'arrière du crâne émerge de la grenouillère en tissu-éponge orangé. Les images ont viré au rouge, renforçant les couleurs psychédéliques des matelas et des tentures, des fourrures et des tissus indiens. La nuance des ombres pourpres reflète autant la mode du moment que la frêle gestion des couleurs de la photographie amateur de l'époque. Les souvenirs délavés des années 70 sont magenta.

En septembre 1974, je naissais dans la chaleur hélianthine des images de l'appartement de Saint-Mandé. Paul était de retour dans le cocon familial. Un temps d'espoir et de sursis dans l'angoisse. Olivier et Lola s'étaient battus pour que je dorme avec l'un ou l'autre ; mon père avait du coup choisi de démolir la moitié du mur séparant leurs chambres, pour installer mon berceau de rotin sous l'alcôve cabossée ainsi créée. La propriétaire de l'immeuble en syncope.

La naissance semble avoir suspendu l'envol du temps, mais Paul continue à perdre pied. Rapidement, il se remet à disparaître. Depuis presque deux ans, il a abandonné le réel. Ses paroles flottent, incohérentes, ses mots sont de plus en plus violents à l'endroit de ma mère. Mais Michèle tient.

*

Puis il n'y a plus eu d'images.

Je n'ai pas 1 an. Olivier en a 8, Lola 6. Olivier a pris la main de Lola, ils ont descendu l'escalier, traversé la rue vers l'école, en face. Dans le salon de l'appartement, dans les bras de ma mère, je prends mon biberon dans le silence laissé par le départ des enfants. La mer semble calme.

Ce matin-là, Paul se lève, hagard, peut-être encore heurté par la violence d'un rêve, hanté par une colère impossible. Contre qui ? Contre quoi ? Personne ne le comprend. L'angoisse qui tord est là. Débordante. Dégueulasse. L'angoisse insupportable qui le bouffe, lui et sa famille avec lui, depuis des mois. Les dents serrées de violence, Paul se lève, ce matin-là. Il se jette sur ma mère, moi dans ses bras, et il cogne. Il cogne Michèle de rage.

Elle dira que ses coups n'étaient pas dirigés contre moi. Mais je suis dans les bras de ce corps qu'il frappe. Une colère contre Michèle ? Contre nous ? Contre lui ? Ma mère, sidérée, me serre contre elle. Nos chairs saisies par la stupeur et l'effroi. Tétanisés, corps et âme. Inondés de terreur. Perdus en mer.

*

En Michèle, la mémoire du corps était convoquée. Il a fallu ce geste abîmé, et toute son enfance, les coups de ceinture d'un père sale de toutes parts, la bêtise soumise de sa mère, victime elle aussi, qui ne connaissait rien d'autre que la violence, tout est remonté en flèche, s'est engouffré dans la brèche ouverte. Les mécanismes de défense en réflexe. Le soir nous étions partis.

Je n'ai plus vu mon père jusqu'à l'âge de 3 ans.

*

Il n'y a pas d'image de la peur de ma mère imprégnant tous mes pores. S'immisçant dans mes réseaux neuronaux, insolant les cellules de mon corps nourrisson. Gorgé de panique. Il n'y en a pas d'épreuve, et c'est pourtant mon image fondatrice. Une image latente, ancrée au plus profond de moi, dont je ne pourrais décrire le virage. La projection primordiale d'un cri enfoui dans le vide et l'absence d'image. Une surface sensible de l'enfance voilée à vie.

La première mémoire que je me figure n'est pas révélée, mais elle est teintée à l'effroi. À la manière d'une couche d'impression gravée pour l'existence, exposée à la peur primitive, mêlée de l'inconsolable chagrin de l'enfance, avec la sidération accablante de la violence pour dominante. Dans mon album, les images ont viré, ce matin-là, insolées à jamais.

*

La peur là. Elle baignait le temps et les récits de ma mère. Elle trempait les lettres mélangeant délire et insultes dont elle était couverte. Ces lettres qu'elle évoquait pour justifier le large qu'elle avait choisi de prendre. La peur recommencée le jour où Paul trouva l'appartement de Saint-Mandé – Tourelle dans lequel nous avions emménagé dans l'urgence. L'angoisse lorsqu'il essaya d'enfoncer la porte. La frousse qui rongeait Olivier et Lola, qui devaient vérifier que l'homme avec qui ils avaient vécu plus de la moitié de leur courte vie ne les suivait pas quand ils rentraient de l'école. Olivier couvert d'eczéma. L'absence brutale, le manque qui s'ancre, mon père disparu du paysage de mon enfance.

De tout ça, il n'y a pas d'images. Il n'y a que des corps qui s'imprègnent, des âmes qui se voilent et des impressions irrévélées. J'ai commencé à faire des cauchemars chaque nuit. Des *terreurs nocturnes*. Chaque nuit des hurlements.

*

La surface du Polaroid est striée de rayures. Des traces d'enfant laissées au crayon à papier sur les fines marges blanches et des dizaines de trous d'agrafes marquent le temps de l'épreuve, presque aussi vieille que moi. Combien de fois a-t-elle été accrochée au mur et transbahutée, de boîte de carton en déménagement, pour arriver jusqu'à aujourd'hui sans album ?

Mon bonnet blanc et mes yeux rougis par le flash se détachent de l'harmonie bleue de l'image. En salopette de feutre bleu clair, pièces aux genoux cobalt, j'arrive à peine au niveau des hanches du jean délavé azur de ma mère. La photographie en plongée laisse son visage hors cadre. Seuls le pull turquoise et le blouson de fourrure à longs poils bleu électrique de Michèle éclatent du Polaroid Supercolor 600, qui crachera tout au long des années 80 ses tranches de vie amateurs.

Le bord inférieur blanc de l'instantané, plus large afin de contenir le réservoir de la chimie, permettait de développer la photographie en une minute. On comptait d'impatience, 1, 2, 3… jusqu'à 60, et l'image était là, magique. Les noirs délavés, les blancs bleus. Instables. Le bord inférieur blanc de l'instantané permettait également d'écrire une légende à la main. Un commentaire, une date, une saillie du passé qui camperait la lecture de l'instant pour l'éternité.

Ici, le Polaroid et l'histoire ont été coupés au ras. Supprimant les mots annotés, les mots qui auraient pu orienter le souvenir. L'image a été relarguée dans le marasme latent des impressions d'enfance. Soumise à la multitude de ses interprétations. Flottante. Le hors-champ renseigné disparu, seuls ma bonhomie, mes fossettes de 3 ans et l'électrique de l'instantané résistent en mémoire. Bleue. Outremer instable.

Si l'on applique une légère pression sur les bords de l'objet, écartant le plan de la surface de la photographie du dos noir du Polaroid, la poche ouverte ainsi révélée laisse apparaître l'image vue de l'intérieur, en transparence, craquelée de fissures, telle une ancienne icône. De l'autre côté du miroir, dans les coulisses chimiques se lisent les stigmates de l'image latente, une contre-image sans couleurs, faite d'éclats, de coulures sèches et de décollements laissés contre l'envers fracturé du Moment.

*

J'ai passé plus d'un an et demi sans voir mon père. À 3 ans, la moitié de ma vie. Traversée par l'absence. Sans images.

Michèle avait coupé tout contact avec Paul. Nous avions déménagé une seconde fois. J'étais entré à mon tour à l'école Decroly. Joufflu, cheveux mi-longs, chemise épaisse à carreaux, pull à motifs, bretelles bleues, pantalon rouge, braguette ouverte.

Ma mère est venue me chercher à la sortie de l'école. Dans le brouillard de la Simca 1100, l'interminable cendre d'une Dunhill bleue International entre ses doigts prête à tomber, une cigarette fumante oubliée dans le cendrier ; on n'ouvrait pas encore les vitres des voitures pour fumer. Ce soir-là, commencent les vacances scolaires, Olivier et Lola préparent leurs bagages pour partir chez leur père, près de Chambéry.

J'ai 3 ans, ce matin de Toussaint dans la maison laissée vide par mes frère et sœur. Je demande à ma mère : « Pourquoi moi je ne vais pas chez mon papa ? Il est où ? »

Il a fallu l'entendre, cette phrase qui faisait à nouveau résonner l'angoisse du chaos que Michèle avait tenté de maintenir à distance. Sortir du répit et replonger dans l'inquiétude du contact. Reprendre la mer. C'était contraire à l'avis de ses proches, mais Michèle ne pouvait concevoir que je vive sans père.

Paul ne travaillait plus. Il ne faisait que lire, annoter, écrire, dans un exil solitaire. Il s'était extrait du monde. Michèle avait milité auprès de Margot et Léon pour qu'ils subviennent aux besoins de leur fils. Ils en avaient les moyens. L'aider, c'était le laisser tranquille, et lui permettre de vivre loin de l'enfermement psychiatrique. Margot était allée voir tous les psychiatres luxembourgeois – il n'y en avait pas beaucoup, il était facile de faire le tour. Un seul avait été du même avis que Michèle. Mais, sur cette foi, mes grands-parents avaient décidé de verser à Paul de quoi vivre chaque mois.

À 3 ans, trop de temps a déjà passé sans que je ne voie mon père. Ma mère me répond : « On peut l'appeler si tu veux. »

Mes doigts dans les trous font tourner le cadran rotatif de plastique transparent jusqu'à la butée métallique. Sept fois. Le combiné gris de bakélite trop grand, le fil extensible emmêlé ; la tonalité discontinue traverse la ville par le réseau filaire des Postes et Télécommunications. Brutalement le rythme s'interrompt, le téléphone sonne chez Paul. Il décroche. Je dis : « Coucou, papa ! »

Et mon père est venu me chercher à la grille de la maison.

*

Un week-end sur deux et les vacances scolaires, comme souvent dans les années 70.

La Ford Fiesta jaune roulait quatre à cinq heures, sur la nationale. J'avais les pieds froids sous le plaid écossais. Lui portait des manchons-mitaines de laine tricotés par la vieille cousine Maria, remontés sur les avant-bras. Pendant quatre à cinq heures, Paul parlait.

Nous traversions les brumes de la Champagne crayeuse avec le Sphinx et la *Théogonie* d'Hésiode, les montagnes de betteraves à sucre avec Jean l'Aveugle le proto-européen, les sols gelés des Ardennes avec Robert Schuman, père fondateur de l'Europe, et les casernes de Verdun avec la loucherie de Léon. Nous arrivions alors au bord du Tivoli, le plateau de Longwy-Haut, au bord de l'océan des fumées des hauts fourneaux baignant la vallée de la Fensch, qui surgissait telle la mer qu'on découvre au détour d'un virage sur la route des vacances. On l'appelait la « vallée des anges ».

Le ciel s'abaissait, rouge, et nous plongions dans le bassin sidérurgique de Lorraine, la pluie, les corons, les wagonnets miniers, les enchevêtrements de tuyaux, de cuves et de cheminées de l'industrie lourde annonçaient la frontière. Passé l'écran de fumée et la lente file de la douane, les murs des bâtisses orientées au vent se couvraient de trémies d'isolants dont le motif évoquait les points d'un vieux matelas. Nous les appelions les « maisons cousues ». La grisaille du grand-duché de Luxembourg nous emportait et je savais proche la fin du voyage et de la logorrhée de mon père. Je me rapprochais de Margot et de sa tendresse de grand-mère ; une tendresse dissonante au regard du mal-être de ses fils. Je salivais à la proximité de la saveur de ses endives cuites à la béchamel, de ses salades frisées assaisonnées au citron et à l'ail, de ses tartes à la rhubarbe. Et des déjeuners familiaux.

*

Léon et Margot tiennent la pose dans le salon d'une maison bourgeoise de Luxembourg-Ville. Partout des bouquets de fleurs enrobent le jeune couple de leur promesse, iris, dahlias, delphiniums et magnolias débordent des vases, sur le secrétaire refermé, sur la table basse, au sol ou sur le rebord de la fenêtre occultée par la dentelle des voilages. Léon, assis dans le fauteuil, effleure avec pudeur, du bout des doigts, la main de Margot appuyée sur l'accoudoir du siège. Bords crénelés et marge blanche, le vieux papier photographique Leonar se reconnaît à son noir et blanc aux tonalités vert-de-gris. Au dos de l'image, les lettres sont dessinées de la calligraphie ronde et tremblante des grand-mères du XXe siècle, la même dont étaient couvertes les cartes postales de mon enfance : *Juillet 1941, Fiançailles Margot et Léon.*

Dans l'album de cuir, les pages de carton épais, intercalées de papier cristal siglé, sont prédécoupées d'entailles arrondies pour l'agencement des cartes icônes de six centimètres par neuf. Georges et Paul font leur apparition. Ils posent en pied dans le jardin de la maison de l'avenue Victor-Hugo, à la lumière du soleil, au garde-à-vous devant l'appareil. Godillots de cuir, bas hauts, culotte tricotée de laine, chemise bouffante à collerette.

*

Sur la photographie carrée du Brownie Flash d'un autre album, après guerre, Margot, Léon et leurs quatre enfants, Georges, Paul, Charles et Marc, posent sur le perron de la maison familiale fraîchement bâtie avenue de la Faïencerie. Margot est très pieuse, femme au foyer, Léon est professeur de latin. Les enfants sont élevés dans la rigueur de mise dans les bonnes familles catholiques luxembourgeoises. Ils sont à la messe chaque matin avant d'aller à l'école. Ils vont chez les scouts et communient le dimanche à l'église. Les mauvaises manières se corrigent enfermés à la cave et à coups de martinet.

Au Luxembourg, tout le monde sait tout de tous. Dans un si petit pays, il faut faire bonne figure, respecter les traditions, se présenter à la messe, honorer le mariage, sortir une famille sans faute à la foire annuelle et fleurir ses tombes. Comme le veut la bienséance, Georges, l'aîné, sera prêtre, Paul médecin, Charles militaire. Marc, le petit dernier, cadeau des dieux, aura peut-être la chance d'être plus libre.

Dans la cuisine de Margot, à côté du passe-plat, est accrochée une icône de Padre Pio. Le saint homme affublé d'une longue barbe est auréolé de jaune. Ses mains gantées de mitaines cachent les stigmates du miracle de sa transverbération. Le bienheureux côtoie le calendrier annoté de la main de Margot lui permettant de contrôler le rythme de ses aumônes. Des petits pictogrammes dessinés, moustache, gros, lunettes, sac à dos, pour chacun des mendiants frappant à sa porte ; Léon les appelle ses « clients ». Elle s'occupe des pauvres et des orphelins, lui entre en politique au sein du parti chrétien-social.

*

Trente ans plus tard, Margot était toujours dans sa cuisine. À midi, la Citroën CX Prestige anthracite du chauffeur de Léon se garait sur le trottoir et le déposait devant le perron de la maison au crépi terni par les gaz d'échappement de l'ère de l'automobile. Président de l'Assemblée nationale luxembourgeoise, il prenait le temps de déjeuner tous les midis chez lui – tranquillité des affaires du micro-duché oblige. Le passe-plat entre la cuisine et le salon, vestige du confort moderne des années 50, avait été refermé depuis longtemps. Dans la niche ainsi créée trônait le portrait de Léon, en noir et blanc, réalisé au studio du photographe.

Les épaules légèrement décalées, la tête doucement inclinée, son costume noir et sa chemise blanche sont parfaitement ajustés. Cravate noire à rayures, nœud précis. Le bol beauté du flash Elinchrom créant un halo de lumière sur la droite du fond grisé révèle doucement les traits de son visage impeccablement rasé, la calvitie estompée par le cheveu court, les lobes d'oreilles pendants. Il esquisse un sourire lissé, politique. Encadré d'une baguette de métal brossé, le tirage parfait du portrait officiel est signé en bas à gauche de la main du photographe. Léon est respectable au Luxembourg. Derrière ses fines lunettes, son œil droit fixe fermement l'objectif, entre rigueur et bienveillance. L'œil gauche, par le truchement d'un léger strabisme, semble regarder ailleurs. Léon louche. Et c'est insupportable.

Paul y voyait l'expression du mal qui le dévastait. De l'hypocrisie et du mensonge. Un mal qu'il disait non pas simplement physique, mais bien plus grand. Un mal *psychosocial*. La cause des tromperies de l'enfance, des manquements du père et de l'homme politique, source des maux de toute une famille. Un mal dont Paul ne s'était jamais remis. Léon louchait. Et avait toujours refusé de l'admettre.

Sous le canapé de velours marron du salon s'entassaient les dizaines d'albums dans lesquels Margot consignait, comme elle le pouvait, le récit d'une famille harmonieuse. Aux images des grandes et petites réunions familiales, des vacances dans les resorts Hapimag – un genre de Club Med suisse – et des voyages officiels avec Léon, s'ajoutaient les photos parvenues d'Australie, où était parti vivre mon oncle Charles.

Je n'avais jamais vu cet oncle, ni les trois cousines que j'avais à l'autre bout du monde, mais le cliché avait traversé la terre et trouvé sa place dans l'album. Les Australiennes, si belles dans leur blondeur et leurs robes d'été baignées de soleil, avaient des airs de chanteuses américaines à la Kim Wilde. Kylie Minogue, en fait. En tout cas, elles avaient des airs d'ailleurs. Je les trouvais si belles que j'en avais volé le Polaroid.

*

Charles avait 11 ans la première fois. Il est allé à la gare de Luxembourg-Ville, est monté dans un train de la CFL en partance, puis a sûrement changé à Metz ou à Nancy pour un train de la SNCF pour les Vosges. La sonnerie stridente du téléphone n'a brisé la pesanteur du vide de la cage d'escalier carrelée de la maison de l'avenue de la Faïencerie qu'après trois jours. Margot et Léon, morts d'inquiétude, ont décroché le combiné du téléphone mural. Charles était à Bâle. Il appelait enfin, pour que son père vienne le chercher.

Ses fugues se sont répétées et Léon a parcouru une partie de l'Europe pour récupérer son fils, de la frontière suisse à Hambourg, au gré de ses disparitions. Charles s'est finalement engagé dans l'armée, dès 16 ans. Mais rapidement la police militaire a commencé à frapper à la porte de la maison familiale à la recherche du jeune déserteur. Lassés,

Léon et Margot ont finalement proposé à Charles de financer son voyage pour la destination de son choix.

Il est parti vers l'Allemagne sur une moto repeinte couleur or, volée à l'armée. Il a été ensuite convoyeur de Mercedes vers l'Iran, et a poursuivi son voyage un an en Asie du Sud-Est. Lorsqu'il a atteint l'autre bout du monde, il s'est enfin arrêté. Il s'est installé et a repris ses études pour devenir sage-femme homme, en Australie.

Au fil de ses deux mariages et des naissances de ses six enfants, il envoyait régulièrement au Luxembourg des cassettes VHS sur lesquelles étaient couchées des heures de films de sa vie de quaker australien, de kangourous dans son jardin, de sa famille exaltée, chacun de ses enfants jouant d'un instrument de musique, dansant et chantant la gloire de Jésus sur des airs de folk.

Georges, le frère aîné de mon père, entra bien au séminaire. Mais il le quitta au bout d'un an, défroqué avant l'heure, pour devenir professeur de français dans un lycée technique. À 27 ans, il fallut qu'il épouse dans l'urgence Anne, son élève de 15 ans, tombée enceinte. Margot et Léon furent transpercés par le scandale. Il passa sa vie dans la maison mitoyenne de ses parents, oscillant entre bon fils et père déviant, solitaire, noyant sa vie dans l'alcool. Jusqu'à la mort.

Paul partit lui aussi. Il avait choisi Paris pour faire ses études de médecine, en psychiatrie, jusqu'à ce que les démons le rattrapent. Il n'exerça finalement jamais.

Marc, plus libre, peut-être parce que arrivé plus tard, se réfugia dans la campagne des Ardennes luxembourgeoises. Il y cultiva longtemps de la marijuana dans la serre de son jardin et marcha sur des braises au plus fort de ses expériences méditatives. Aujourd'hui encore, s'il se sent fiévreux, il se soigne en buvant son urine du matin, combinée à un jeûne ou à des transes à l'ayahuasca. Dans un bandeau de sport qu'il porte sur le front, une pierre nourrit ses chakras de l'énergie des tachyons, des particules supraluminiques. Marc est un chaman luxembourgeois.

Guidée par son adoration pour Padre Pio, Margot avait elle-même dû sentir le « transpercement du cœur par un trait enflammé d'amour ». Elle n'a jamais compris le mal qui étreignait sa descendance. Aucun de ses fils ne répondait à ses espérances de vie convenable, chacun fuyant la bienséance luxembourgeoise. Évadés à Paris, à l'autre bout du monde, dans l'alcool ou les paradis artificiels, tous ont divorcé et eu des enfants de plusieurs lits.

Les albums de Margot ne révélaient rien de ces fantômes qui hantaient la vie de ses fils. Il y avait un paradoxe étrange, un décalage, entre le récit de ces livres d'images et la réalité fracturée de la famille. Léon fêtait son anniversaire en patriarche accompli, invitant au banquet son lignage, ses petits-enfants et leurs mères, toutes les femmes et ex-femmes de ses fils ; ma mère ne venait pas mais elle avait toujours des mots chaleureux pour mes grands-parents. Le temps du repas, Margot impressionnait les pellicules de son amour pour ses petits-enfants et assurait l'incontournable photo de groupe que nous regarderions chaque année à venir. Léon en patriarche, Margot avec ses albums, tout cela faisait étrangement famille. Malgré tout.

*

Entre Sézanne et Verdun, le ciel est couvert, nous trouvons un chemin gelé au bord de la route pour faire une pause et fouler le blanc de la neige de Champagne, le temps d'une pomme.

Lorsque Paul gare la Ford Fiesta jaune avenue de la Faïencerie, je bondis hors de l'habitacle, cours jusqu'au perron, sonne, sonne et sonne encore jusqu'à ce que je voie la silhouette fragile de Margot brouiller le vitrage jaune opaque des carreaux de la porte d'entrée. Impatient, je monte l'escalier au carrelage strié de beige de la maison, un étage, puis deux, jusqu'au bout du couloir, jusqu'au petit cabinet de couture de Margot, jusqu'à la table de la machine à coudre sur laquelle m'attend l'assiette de carton à bords cannelés, décorée de motifs rouges, de sapins et de guirlandes, qu'elle y a déposée. L'assiette remplie de saint-nicolas en pain d'épices au parfum de cannelle, de noix, de chocolats, de fruits secs, de manneles et de clémentines. À Pâques, Margot teinte les œufs de violet, d'orange, de bleu ou de rouge, les faisant bouillir avec des pelures d'oignon, du café moulu, du curcuma ou des bleuets. À la Toussaint, nous faisons corps dans l'ennui humide autour des tombes baignées de la grisaille luxembourgeoise. Les vacances et le calendrier religieux rythment les rendez-vous familiaux dont Margot alimente le récit, les doigts, déformés par les nodosités de l'arthrose, sur le déclencheur de son Agfa Pocket, de son Instamatic et bientôt de son Kodak Disc.

Avec Esther et Sarah, mes cousines, nous passons une partie de notre enfance sur le canapé de velours du salon à attendre la fin des repas dominicaux en feuilletant le temps, au fil des pages des albums. Et nous continuerons adultes. Pas une réunion familiale ne se fait sans que nous ne consultions les nouvelles pochettes de tirages, fragments des Mémoires de Margot.

Ils parlent essentiellement luxembourgeois à table. Je ne sais dire que « bonjour », « merci », « au revoir », « fourchette » et « bébé girafe », stigmates d'une tentative d'enseignement du patois par mon père – nous avions dû aller au zoo de Vincennes pour ce premier cours. Mon frère et ma sœur se sont toujours foutus de moi lorsque, si fier, je déployais l'ensemble de mon lexique : *bonjouër*, *mairsi*, *avouare*, *forschett* et *girafeubébé*.

Je ne comprends pas la plupart des conversations, d'autant que les joutes et associations d'idées de Paul se font dans la langue familiale, qu'il a joie à pratiquer. Je n'ai pas le sens des mots mais je sens lorsque le silence se fait pesant. La tension monte brusquement, le ton se fait agressif et les hurlements de Georges finissent de parfaire l'ambiance délétère. Georges ne supporte pas le flot de paroles et les provocations de mon père. Il veut crier le plus fort. Les insultes accompagnent le dessert. Puis la table se vide, chacun fuyant discrètement la confrontation des deux frères sourds l'un à l'autre pour se réfugier dans la cuisine et laver et essuyer la vaisselle devant les icônes pieuses. Léon part faire une sieste sur le canapé de velours, au-dessus des albums, abdiquant face à l'agressivité de ses deux fils.

Les dimanches midi se répètent : Georges revient déjeuner, Paul s'installe sciemment en bout de table, à la place de Léon, dans le fauteuil à accoudoir, il préside pour garantir le conflit familial tel un rituel. Les dimanches midi, la scène reprend, la pièce se rejoue, immuable et sombre. En français, en luxembourgeois, il n'y a pas de séjour sans provocation de mon père, sans hurlements de Georges devant leurs parents pour témoins, la famille désarmée, leurs enfants las.

La voiture démarre, nous descendons les virages en épingle de l'avenue de la Faïencerie vers le gris du Sud industriel et Paris. Le silence étouffe l'habitacle, pesant, persistant, après que Paul eut fracassé violemment une tasse du trousseau de Margot sur le sol de sa cuisine. En guise d'au revoir.

Entre Verdun et Sézanne, la neige a fondu et nous nous arrêtons sur les bords du même chemin dans l'espoir de retrouver ma grande boucle d'oreille pendante, en forme de yin et de yang, peut-être perdue là quelques jours plus tôt.

Exaltés, nous rallions enfin Paris satisfaits, rassurés par l'équilibre du cosmos retrouvé, le chaos luxembourgeois à distance. Le ciel est dégagé.

*

Margot n'a que 13 ans, mais la photographie lui donne le double de son âge. Son regard foudroie l'objectif de sa mélancolie. Devant le fond gris, le port de tête droit, les cheveux illuminés d'un rayonnement divin, la pureté du visage sans aucune marque, lavé de lumière, la bouche muette et le nez fin parfaitement dessiné ; la géométrie des ombres forme un piédestal pour la ligne tombante de ses yeux cristallins. Un triangle de lumière sur sa peau diaphane coule sous l'œil gauche effleuré par l'obscurité. La faible profondeur de champ ne laisse aucune chance aux fleurs de son vêtement d'apporter l'éclat de leur légèreté au portrait. Le noir et blanc l'a privée du printemps des fleurs de sa robe et de la douce lueur du bleu-gris des yeux hérités de sa mère.

Le regard de sidération de l'enfant devenue trop vite adulte semble ailleurs que dans la vanité de l'instant de la pose chez le photographe, qui n'a su capter que la tristesse des yeux et la gravité de la jeune fille. Sur le cou et le bas du menton, remontant sur sa joue, l'« éclairage Rembrandt » trace une ombre, telle une main surgissant de l'obscur pour soutenir, avec autorité, son port de tête blessé.

Dans le petit cadre à moulure doré cerclé de noir, le dos cartonné porte un timbre de la miroiterie Charles Bradtke, *encadrement et vitraux d'art, place de Paris – Luxembourg*. À la main, une date a été portée sur le timbre : *Mai 1927*. Margot n'a que 13 ans mais la photographie lui donne le double de son âge et son regard foudroie l'objectif. Elle a perdu Catherine, sa mère, trois ans plus tôt.

*

Sur le mur du petit cabinet de couture, le cadre de bois à moulure cerclé de feuilles dorées a des éclats et des fissures. Une génération plus tôt, Catherine posait elle aussi devant le photographe. La jeune femme au chapeau à dentelle se tient droite comme un I devant un muret en pierres sculptées. Son regard semble s'être perdu dans le lointain. Sur le décor peint, un chemin dessiné s'enfuit vers la forêt. Dans l'atelier, l'éblouissement des éclairages, l'empattement du trépied de bois, le photographe caché sous son voile noir ; Catherine paraît pétrifiée par la tenue de la longue pose et le trouble intimidant de l'instant photographique. Son ombrelle claire, en guise d'appui, soutient délicatement sa main droite gantée de blanc et le pli de dentelle de son poignet fin. L'innocence d'un brin de lilas dans sa main gauche tombe le long de sa robe cintrée, bleu pastel à plis. Le bustier est ouvragé de dentelle guipure blanche, le tour de cou à collerette godronnée ; un humble médaillon doré a été ajouté d'un trait dessiné. Pas une once de peau, si ce n'est son visage potelé, n'est laissée à la vue de l'objectif, garant de la pureté de la jeune femme.

L'épreuve de quarante centimètres par soixante est à la dernière mode. Réalisée en noir et blanc, elle a été colorisée à l'aquarelle. Les portraitistes du début du XXe siècle espéraient ainsi donner plus de vie encore à leur sujet. Mais, faute d'animer le personnage figé, l'aquarelle, gommant toute aspérité, enrobe la beauté innocente de la jeune femme d'un voile cotonneux. Il n'y a aucune ombre au tableau des années 10. Du noir et blanc il ne reste que les teintes grisées du visage sans vie de Catherine, transpercées par ses yeux repeints à la pointe du pinceau, du même éclat bleu-gris que ceux de sa première fille, Margot.

*

Catherine a eu quatre enfants. Margot, née en 1913, en était l'aînée.

Le foyer cheminot était à peine sorti de la Grande Guerre lorsque la jeune mère a appris qu'elle était à nouveau enceinte, une cinquième fois. Margot disait d'elle avec une distance pudique : « À chaque fois qu'un homme la regardait, le monde était changé. » La perspective d'un autre enfant était sûrement trop lourde pour le modeste ménage, ou peut-être que ce dernier enfant était trop *naturel*. La question de sa conception n'a pas fait l'objet d'un récit. Quoi qu'il en soit, le pays était à reconstruire, il y avait urgence à repeupler et la loi interdisait l'avortement, la contraception et toute forme de « provocation à l'avortement ». Une femme qui avortait était passible de la cour d'assises, elle encourait jusqu'à deux ans d'emprisonnement. La faiseuse d'anges, jusqu'à cinq années. Et le nombre des condamnations explosait.

Derrière les voilages de la chambre de la maison du petit bourg d'Ettelbruck, il n'y avait plus de place que pour la peur. À l'abri des regards du voisinage, bravant l'interdit et l'opprobre, Catherine s'est allongée sur le lit conjugal couvert de tissus-éponges blancs. La faiseuse d'anges a installé sa casserole d'eau bouillante et ses aiguilles à tricoter sur une table dans le prolongement du lit. Catherine a prié pour ne pas souffrir. La « tricoteuse » a lentement enfoncé ses pics dans son sexe, cherchant à ouvrir le col de l'utérus afin de provoquer la fausse couche. Dans le silence étouffé de la chambre du petit bourg d'Ettelbruck, sous la décharge de douleur, atroce, Catherine n'a pu retenir ses cris. Les aiguilles, au lieu de percer la poche des eaux, avaient perforé ses organes.

Catherine est morte, dans la peur et l'illégalité de la chambre à coucher, en 1923. Margot était orpheline à 10 ans.

Pour cacher le scandale et échapper aux foudres de l'excommunication, la sœur de Catherine, qui n'avait pas d'enfant, a épousé le veuf. Margot et ses trois frères et sœurs ont ainsi changé de mère, et fait bonne figure. La honte, la disparition violente et le deuil secret de la jeune fille posaient à jamais un voile de mélancolie sur l'éclat de ses yeux cristallins.

Pendant près de quarante ans, Margot a gardé son secret et fait passer sa tante pour sa mère. Georges, Paul, Charles et Marc n'apprendront qu'à l'aube de leur vingtième année, à la mort de leur grand-mère, qu'elle n'était pas la mère de leur mère.

Margot se retirait discrètement dans son petit cabinet de couture au bout du couloir du dernier étage de la maison luxembourgeoise. Devant sa machine Singer, elle reprisait à la main les chemises de son mari et les chaussettes de ses petits-enfants. Toute sa vie, elle s'est retirée discrètement dans son petit cabinet de couture pour repriser sous le portrait de sa mère en noir et blanc coloré d'aquarelle.

*

Avec ma mère, nous passions nos week-ends et nos vacances à la clinique psychiatrique de Freschines, dans le Loir-et-Cher. Michèle avait rejoint l'équipe héritière de La Borde, qui cherchait à rompre avec les pratiques asilaires. Patients, soignants et parfois familles de soignants partageaient la vie collective de l'ancien manoir de Lavoisier devenu figure de proue de la psychothérapie institutionnelle.

Le visage de ce jeune homme d'une trentaine d'années, les yeux plantés dans les détails de sa collection d'automobiles miniatures Majorette, reste gravé dans mes souvenirs d'enfance et de petites voitures. Ma mère travaillait et nous jouions ensemble toute la journée dans la salle à manger ouverte sur le parc, nous comparions nos Citroën CX et autres DS qu'il contemplait de toute sa hauteur à travers ses lunettes à double foyer. À Freschines, patients et soignants dirigeaient ensemble le lieu de soin. Nous y apprenions l'ordinaire à côtoyer la maladie mentale.

On ne disait pas *fou* à la maison. Le mot était défendu, il ne voulait rien dire. *Psychotique*, *schizophrène*, *maniaco-dépressif* – on ne disait pas encore *bipolaire* –, les mots-valises de diagnostics qui enferment les individus dans leur maladie étaient proscrits. Entre les patients et les vacances en psychiatrie, nous avions des mots meilleurs pour qualifier la santé mentale. Et puis il y avait mon père, pour lequel jamais un mot enfermant ne fut prononcé. Mon père, dont on n'aurait jamais circonscrit la démesure de l'érudition dans la folie clinique. Non pas que nous n'en parlions pas, mais nous avions des mots à nous, des mots plus doux, des mots normaux, pour qualifier sa vie sociale ou le débordement de sa pensée.

Mais surtout, il était mon père, et il était au rendez-vous de mon enfance.

« Il fait quoi ton père ? »

Lorsque l'on me posait cette question, j'éprouvais la gêne d'un enfant inquiet de ce qu'est la différence. Il n'avait plus d'activité professionnelle depuis des années. Il passait ses journées dehors à lire, à flâner de librairie en bouquiniste, à couvrir des carnets entiers de ses pensées. Il s'était fait définitivement exclure des derniers dispensaires dans lesquels il avait travaillé en tant que psychiatre et des derniers groupes de psychanalyse dont il avait fait partie. Je savais les regards portés sur lui, pas l'injustice qu'il ressentait. Mais je ne voulais pas dire qu'il ne travaillait pas, je n'aurais pas aimé m'étendre. Je ne voulais pas avoir à expliquer ce père. Avec le temps, je cherchai des statuts qui me permettaient de repousser l'intrusion. J'appris à dire sans me répandre : « Il est psychanalyste », ou bien « philosophe », « Il écrit », en espérant que le curieux ne s'aventure pas dans plus de questions.

*

Le blanc de la photographie de vacances au camping a jauni en presque quarante ans. Le papier perlé Ilfospeed n'a pas dû rester suffisamment dans le fixateur, mais l'image s'accroche au temps pour faire mémoire.

Les trous d'agrafes me rappellent là encore que j'ai dû accrocher cette photographie, légèrement déchirée au coin supérieur gauche, sur le mur recouvert de tissu à rayures dégradées du rose pâle au violet de ma chambre, entre mes posters de Michael Jackson, Renaud, ou Boy George, de la Panthère rose, de Betty Boop et de Gaston Lagaffe.

Masque et tuba devant le visage, slip de bain à rayures, les pieds dans le sable, j'ai 7 ans. La blondeur de mes cheveux se perd dans le blanc du papier argentique à grade fixe maladroitement exposé. Le sable est à peine lisible ; à l'arrière-plan, quelques silhouettes se dessinent pour disparaître dans le vide sans horizon ni écume confondant le ciel, la mer et la plage dans l'évanescente blancheur.

Pour photographier nos vacances au Grau-du-Roi, Paul m'avait donné son Kodak Instamatic et s'était acheté un Minox 35 ML dont l'objectif rétractable me fascinait. C'est la seule image qu'il nous reste. Elle ne montre rien du camping mais elle en convoque les souvenirs. Le soleil qui pointait à l'extérieur lorsque je descendais la fermeture Éclair de ma tente canadienne marron à doublure orange, la lumière crue sur la une du journal *Le Matin* que mon père me tendait annonçant fièrement les résultats du grand recensement de 1982 : « Nous sommes 55 718 933 ! »

L'image est mal fixée, mais dans l'horizon surexposé se révèlent des souvenirs périphériques en kaléidoscope. Le blanc de la photographie de vacances au camping a jauni, mais c'est la première photographie que nous avons tirée dans notre laboratoire amateur de Maisons-Alfort.

Mon père avait sonné trois coups au portail de la maison et m'avait emmené à la FNAC. Il avait décidé d'acheter de quoi monter un laboratoire photographique éphémère dans la salle de bains du huitième étage du Domaine de Château Gaillard. Un agrandisseur tchèque, des bacs rouge, jaune et vert pour les bains de chimie, des pinces, un minuteur, une contacteuse pour les planches-contacts. Nous développerions nos premiers films dans le noir des toilettes.

Dans l'obscurité totale du mètre carré, accroupis face à la planche de bois posée sur la cuvette des WC, nous tentons de refaire à l'aveugle les gestes répétés au jour. À tâtons, nous cherchons le décapsuleur pour ouvrir les bobines 24 × 36 du Minox. Nous cassons les cartouches en plastique à deux réservoirs de mon Kodak Instamatic, nous déroulons la bande de papier noir et jaune de la cartouche 126 et nous coupons l'amorce du film. J'engage difficilement avec mes doigts d'enfant les perforations de la pellicule 135 sur les roulements de la crémaillère des bobines à spires. Un mouvement de va-et-vient appliqué aux flasques enroule le film dans la rainure en spirale de la bobine que nous plaçons dans la cuve opaque de développement Paterson. Je goûte aux premiers parfums des chimies Ilford et au dosage des solutions de développement. « Après avoir versé le premier bain, insérez immédiatement l'agitateur dans la cuve en le tournant rapidement dans un sens puis dans l'autre trois à quatre fois de suite. Tapez légèrement le fond de la cuve sur la table afin de déloger les bulles d'air qui auraient pu se former à la surface du film. » Je vis la première impatience du révèlement.

Les minutes en suspens, je joue à refermer les cartouches de film vides comme un enfant retourne son œuf à la coque dans le coquetier une fois terminé. Nous dévissons alors le couvercle de la cuve. Les spires baignant dans l'eau renferment mes premières images, sur le rouleau en négatif. Le film ruisselle, mon père le lève vers la lumière et, dans sa transparence, je découvre les images latentes enfin révélées.

La tabatière au-dessus de la porte de la salle de bains calfeutrée avec un carton scotché, notre agrandisseur Meopta installé sur le meuble en Formica, la première boîte de papier Ilford à grade fixe protégée de la moindre fuite de lumière dans le tiroir que nous avons vidé du peigne, des ciseaux à ongles et des pierres ponces, une planche posée sur la baignoire sabot, les bains de révélateur, arrêt et fixateur préparés ; enivrés par l'odeur des chimies, nos yeux se font peu à peu à la pénombre rouge de l'ampoule inactinique. Le ruissellement du trop-plein du lavabo transformé en bac de rinçage peut bercer le silence religieux du premier tirage.

Dans l'excitation du laboratoire, je n'ai pas eu la patience d'attendre le séchage des films suspendus au fil à linge.

Il fallait un autre négatif. L'image des vacances passées quelques années auparavant au Grau-du-Roi sera notre première photographie.

La bande négative installée dans l'agrandisseur projette comme autant de noirs sur le papier calé sous les lames du margeur la plage, le ciel, la mer. En quelques secondes, le déclic du minuteur scelle l'insolation des cristaux d'halogénure d'argent sur la surface du papier. Je glisse la feuille format carte postale dans le bac de révélateur, mon père me montre doucement comment agiter le bain d'agent chimique pour assurer un traitement homogène.

Malgré une insolation trop courte, l'image latente se révèle lentement. Telle une réminiscence émergeant à travers la surface liquide, les ombres surgissent de l'impalpable pour s'ancrer là, sur la feuille de papier. Le tuba, le slip de bain, le masque, puis les jambes et la partie gauche du buste se dévoilent dans la pénombre rouge du laboratoire. Tirée des eaux, la mémoire des vacances s'écrit dans la gravité de l'instant de la salle de bains. Le bruit des pinces agitant doucement le papier charme l'émotion du surgissement magique. Le miracle de la révélation de l'image que Nicéphore Niépce a vécu pour la première fois se recommence, ici encore, comme chaque fois que des yeux nouveaux sont exposés, dans la pénombre inactinique, à l'apparition d'une image. La plage du camping du Grau-du-Roi est notre corps de ferme à nous.

La trace du souvenir d'enfance avec mon père s'imprime d'argent sur le papier photographique. L'écho de son récit consigné est prêt à résonner à l'infini. Chaque photographie prendra à sa charge une part évanescente du souvenir, la consignera, gage contre le vide de l'oubli. C'est ma révélation.

Je suis fasciné. Je veux plus. Continuer le week-end suivant, puis l'autre. Et l'autre encore. Tous les dimanches. Toujours. Je fais des photographies en vue de ces après-midi enfermé dans la salle de bains avec mon père. Des tirages gris pâle, surexposés ou trop contrastés… Nous progressons de manière empirique dans une pratique photographique maladroite, mais je suis passionné. Chaque dimanche désormais, j'apporte mon lot de dizaines de négatifs à tirer. Chaque dimanche, la magie redouble. Avec mes images, je raconte des histoires à mon père. Qu'importe la qualité des tirages, je suis porté par ces heures de conversation apaisée, dans la bulle inactinique et magique de notre laboratoire.

Le dimanche soir, je rentre heureux chez ma mère avec mes photographies encore humides que je m'applique à faire sécher sur le carrelage au-dessus de la baignoire. Je rentre si heureux qu'elle installe, à son tour, un laboratoire photographique dans la cave. Mon père me donne son Minox 35 ML à objectif rétractable. Je remplis des boîtes d'images. J'écris à mon tour mon album, celui de notre histoire.

Je suis engagé en photographie.

II

Le corps chétif de Margot peine à remplir son chemisier blanc, son cou brisé formerait presque un angle droit avec son buste ; les doigts déformés par l'arthrose, elle reprise sous les toits. Sur la table de la machine à coudre, des boîtes de biscuits métalliques sont remplies de boutons de nacre, triés par couleurs. Dans le clair-obscur de la demi-fenêtre de son cabinet de couture, les vagues de rides creusées par le XXe siècle se dessinent sur son front. Sous le regard aquarelle de Catherine, ses yeux transparents de bleu lui permettent encore de passer le fil dans le chas de l'aiguille.

Je photographiais la douceur discrète de ma grand-mère uniquement dans l'intimité de son antre et de ses protecteurs : sa cuisine avec Padre Pio et son cabinet de couture avec Catherine. L'image en noir et blanc 24 × 36, découpée dans une de mes premières planches-contacts, est enserrée dans un cadre cubique de bois bleu dont l'épaisseur, démesurée par rapport à la taille de la photographie, forme un écrin, tel un médaillon ouvrant, à l'image apaisante de Margot.

Je m'étais installé au dernier étage de la maison familiale, dans le cabinet de couture. Entre les armoires métalliques remplies des valises Delsey de Léon et la table sur laquelle était posée la machine à coudre, il restait à peine de quoi glisser un matelas. Mes grands-parents me proposaient toujours une plus grande chambre, mais j'aimais dormir au creux du cocon de Margot. Face à mon lit, les lumières des phares sur l'avenue de la Faïencerie balayaient le mur, éclairant le portrait colorisé de Catherine. Ses yeux peints de bleu veillaient sur ma tanière. Avec ses dorures et ses allures de relique, l'objet m'apparaissait plus décoratif que familial. Je ne connaissais rien alors de Catherine et n'avais pas idée de ce que représentait cette image pour Margot.

*

Nos séjours d'été au Luxembourg étaient sûrement trop longs pour que Margot et Léon supportent la présence en tension de Paul. En juillet, nous prenions nos quartiers dans la campagne luxembourgeoise chez mon oncle Marc. Mon père avait acheté un canoë orange que nous fixions sur le toit de la Ford Fiesta jaune. Chaque jour, nous traversions ainsi d'un trait coloré la grisaille du Luxembourg vers le lac d'Esch-sur-Sûre, au nord du pays. Nous passions nos journées sur l'eau à pagayer dans le reflet orangé de notre esquif, à la recherche d'un havre où pique-niquer d'œufs durs et de saucisson fumé luxembourgeois. En lettres pochoirs marron, nous avions baptisé notre embarcation. Je rêvais de vitesse. J'avais dans les yeux les éclats de lumière colorée de notre canoë sur la Sûre. J'avais voulu l'appeler *Vitesse de la lumière*.

Le canoë posé sur les tréteaux de la grange de Marc, je me souviens de la moue de mon père, qui trouvait la vitesse de la lumière trop rapide. Préférant quelque chose de plus raisonnable, Paul a sûrement comparé le temps humain de la parole à celui de l'instant fugace de l'image, ou à la lumière divine que nous ne pourrions avoir la prétention de chevaucher. Il défendait les mots, moi les images. À force de discussions, nous nous sommes finalement entendus sur *Vitesse du son*.

*

Le reste de l'année, la ville de Luxembourg avait le ciel lourd. Écrasée de pluie et de nuages bas, la micro-capitale portait les stigmates d'une vie en noir et blanc. Une photographie des années 50 à peine colorisée, terne. Les dallages mouillés, la gare des bus, la poste centrale, la place d'Armes, le clocher de la cathédrale et les rues du quartier résidentiel du Limpertsberg m'apparaissaient froids, gris et vieux. Les seules occupations possibles se résumaient aux balades que nous faisions à l'automne dans les forêts humides qui bordent la ville ou à nous rendre au verger de Margot et Léon, à quelques kilomètres de la maison. Pommes, cerises, prunes, coings, mirabelles, framboises, mûres et rhubarbes : la tête dans les arbres, nous cueillions paniers et paniers de fruits pour les confitures et les tartes de ma grand-mère. Quelques moutons paissaient, prêts à remplir les congélateurs de la cave et à offrir de douces descentes de lit en peau. Qu'il neige ou qu'il vente, Léon commençait son repas par une de ses pommes conservées soigneusement au fond du garage, où des murs de cagettes de fruits et des congélateurs remplis assuraient la subsistance du foyer de Margot toute l'année.

Le jour est gris, j'ouvre la nouvelle porte du garage, à hayon basculant, que mon grand-père vient d'installer. Une bouffée de béton froid, de pneumatique et d'huile de moteur se mêle à l'odeur des pommes que je viens chercher pour le déjeuner de Léon. Mon père me rejoint dans l'allée du jardin, il porte un vieux gilet vert foncé, tricoté à la main, dont les boutons de bois sont refermés sur son ventre. Les boutonnières tirent, les mensurations de Paul ne sont plus tout à fait les mêmes que celles du patron qui a servi à sa confection. Surpris, je l'interroge sur ce vêtement tout droit sorti des années 70, exhumé dans quel placard du grenier ? Il me répond : « Oh ! Ce gilet ? C'est ma première femme, Alice, qui me l'avait tricoté. Tu sais, j'ai été marié avant de rencontrer ta mère. »

*

Paul disait souvent « ma femme » pour parler de ma mère alors qu'il avait eu d'autres compagnes depuis la séparation. Je n'aimais pas cette possession, je n'aimais pas l'emploi du présent, ma mère vivait avec un autre homme.

Je n'aimais pas ma gêne à évoquer les vies amoureuses de chacun avec l'autre. J'avais appris ce jour-là l'existence d'Alice sans réelle curiosité. Tout au plus, cela m'avait conforté dans l'idée que « ma femme », pour parler de ma mère, n'était pas le juste terme. J'avais aussi été surpris par l'effacement d'Alice. Il n'y avait pas d'image d'elle dans les albums de Margot. Il n'y avait pas d'image d'eux. Il n'y avait aucune trace de leur mariage. Nulle part.

NEMO, la nouvelle rame blanc et bleu marine du RER A, entra dans la gare du Châtelet. Positionné face à la double porte rouge, je pressai avec joie la modernité du bouton-poussoir en commandant l'ouverture. Je m'engouffrai dans le wagon fraîchement dessiné par Michel Buffet, le designer du Concorde, et trouvai une place dans un carré de quatre sièges de skaï bleu. Paul, resté debout, regardait la femme blonde aux cheveux mi-longs assise en face de moi. Ils se saluèrent simplement. Dans le tunnel reliant les Halles à la gare de Lyon, aucune conversation ne poursuivit cette rencontre, mon père ne me présenta pas. Nous traversâmes le noir souterrain en silence jusqu'à Gare de Lyon, puis une station plus loin encore.

L'immense quai cathédrale de la gare de RER Nation sur lequel nous débarquâmes avait en commun avec le Grand Théâtre de Luxembourg d'avoir été dessiné, dans les années 60, par le même architecte, Alain Bourbonnais. Le théâtre avait accueilli, entre autres, le succès luxembourgeois d'Anne-Marie David à l'Eurovision. À part les banques, le Luxembourg ne devait son rayonnement qu'à ce type de signaux faibles dont je goûtais savoureusement l'absurdité. J'imaginai « Tu te reconnaîtras » résonner dans le pourpre des sièges de la station Nation. Denise Fabre et Léon Zitrone annonçant les pointages : « *Luxemburg, two points !* »

Sur l'immense quai cathédrale de la gare de RER Nation, j'interrogeai mon père. Il me dit : « C'était Alice. »

Elle vivait elle aussi à Paris. Il ne m'en dit pas plus. Elle m'était apparue aussi furtivement qu'elle avait disparu de l'album familial de Margot et du récit de mon père.

*

Sur le parking vide de la forêt voisine de Rollingergrund, je m'installe au volant de la Ford Fiesta jaune et ajuste le siège pendant que Paul descend de la voiture. Tel un moniteur d'équitation, il transforme le terre-plein du parking en manège. Je tourne la clé de contact et cherche le point d'embrayage pour tenter de mettre en mouvement l'auto. La Fiesta sursaute, mais je parviens à faire un premier cercle autour de lui. Fier comme Artaban, j'ai 15 ans et mon père m'apprend à conduire bien avant la législation sur la conduite accompagnée.

Après plusieurs tours de manège, faisant fi des lois, nous sommes sortis du parking pour emprunter les routes de campagne. Avec les jours, nous sommes allés de plus en plus loin. Plus loin que le verger, plus loin que le lac d'Esch-sur-Sûre. Nous sillonnions le pays. Nous avons visité l'exposition permanente *The Family of Man* au château de Clervaux, nous avons fait un détour par la procession dansante d'Echternach à la Pentecôte, nous sommes passés voir la vieille cousine Maria à la frontière allemande ; j'étais prêt à m'intéresser à n'importe lequel des projets de mon père pourvu qu'il me permette de conduire. Chaque journée devenait exceptionnelle, chaque trajet, une aventure. Je conduisais tout le temps, partout. Des kilomètres de routes luxembourgeoises.

Nous avons finalement dépassé les frontières du pays. Nous sommes rentrés à Paris. Les quatre à cinq heures de nationale entre mes mains, Paul parlait en suçant des sucs des Vosges, des gommes à mâcher ou des bonbons à l'eucalyptus. J'avais des arguments pour justifier mon écoute flottante, j'étais concentré sur la route. Sur la banquette arrière, des boîtes de cassettes vierges TDK, moins chères qu'en France ; je pensais déjà aux compils que j'allais enregistrer, Nena, Elton John ou Murray Head, Bananarama et Pat Benatar. Dans le coffre de la Fiesta, nous rapportions du Luxembourg des cageots de fruits, des morceaux d'agneau, des saucissons et des tartes spécialement cuisinées par Margot pour ma mère, Lola et Olivier. Les kilomètres défilaient. Le cœur léger, nous étions complices.

*

Dans le petit compartiment freezer du réfrigérateur de la cuisine de Maisons-Alfort, j'essaye de désencastrer une côtelette d'agneau du verger luxembourgeois prise dans la glace. Je glisse un couteau entre la viande congelée et le givre pour tenter de faire levier. La glace est si dure que j'insiste trop violemment pour libérer le morceau. Un bruit de Fréon s'échappe du tuyau réfrigérant, comme un pneu de vélo se dégonflant. Je viens de signer la mort du frigo. Paul prend un des bouchons de plastique des bouteilles de vin consignées du marché d'Aligre, le colle sur le joint de la porte afin d'en condamner définitivement la fermeture hermétique puis débranche l'appareil. Il dit : « Voilà ! Comme ça, c'est devenu un garde-manger. » Il ne rachètera jamais de réfrigérateur.

Paul n'écoutait pas la radio, il n'avait pas de télévision et n'avait donc plus de Frigidaire, il se disait photophobe et se protégeait même de la lumière électrique, commençant à lire à la lueur d'une simple bougie. Il vivait au rythme du soleil et de ses oiseaux, la fenêtre ouverte toute l'année. Il se faisait peu à peu ermite dans la ville.

Il ne prenait plus jamais le volant. Du Luxembourg à Paris, de Paris au Luxembourg, insouciants de l'interdit, je conduisais mon père, sans permis. Giverny, Compiègne, Créteil-Soleil ou Melun-Sénart, toutes les directions étaient bonnes à suivre, tout était prétexte à prendre la route. J'étais prêt à passer des heures dans la Fiesta, notre nouveau cabinet de conversation.

Je conduisais, Paul parlait, il n'y avait évidemment pas d'autoradio. J'écoutais d'une oreille, parfois des deux, parfois plus du tout. Et il m'arrivait de commencer à raconter à mon tour mes histoires. Mon père répondait. Il se saisissait souvent de mon sujet pour nourrir ses associations d'idées, mais il répondait. Nous conversions, nous trouvions des mots communs.

Je ressentais bien, parfois, contre mon père et son flot de paroles insatiables la colère d'un adolescent, mais la photographie et la route nous unissaient. Et je grandissais, et il s'apaisait. Je commençais à pouvoir entrevoir le cheminement de sa pensée. Je voyais qu'avec de la concentration j'arrivais à comprendre la construction de ses arguments. Il fallait de l'envie et énormément d'attention pour le suivre. C'était parfois dur, en tout cas jamais commun. Et d'envie, j'en débordais.

*

Dans le froid de novembre, Margot retirait les feuilles mortes, frottait à la brosse la mousse des pierres tombales et ajustait de ses doigts tordus les pots de chrysanthèmes.

À la Toussaint, nous nous rendions sur les tombes familiales. La grisaille luxembourgeoise était à son apogée. Chaque tombe, dans chaque cimetière, devait être honorée. Dans tout le Luxembourg, les célébrations de la Toussaint duraient deux jours. Sillonner le pays dans le brouillard, de cimetière en cimetière, me convenait, encore une fois à condition que je conduise. Nous traversions le village de Bollendorf, avec un seul f, jusqu'à Wasserbillig où nous retrouvions la vieille cousine de Léon. Dans les allées du cimetière, je tenais le frêle bras de Margot, Paul celui de Maria.

Pour mon père, c'était l'occasion de parler des morts que je ne connaissais pas et d'égrener notre généalogie au fil des noms inscrits sur les pierres tombales. Il rappelait l'histoire de la grand-mère de Léon, sage-femme, de la tante Marie de Paris, si libre, ou de l'oncle Eddy, prêtre marxiste disparu au Chili. Pour Léon, c'était aussi l'occasion de se faire bien voir de ses électeurs. Pour Margot, c'était prier sans mot dire. Jamais nous n'évoquions Catherine. Les morts honteuses restaient tues.

Je tenais le frêle bras de Margot, mon père celui de Maria, en attendant les quelques gouttes d'eau bénite balancées à la volée par le curé arpentant les allées à une vitesse telle qu'il semblait poursuivi par ses enfants de chœur. Au retour du cimetière, après avoir fait honneur aux morts en mangeant des tartines de jambon fumé, je conduisais, encore et encore, à en oublier de regarder la jauge, et nous tombions en panne d'essence.

*

Les tartines de la Toussaint ou l'agneau pascal n'y faisaient rien, l'incompréhension de la famille semblait consommée, la conversation inaccessible de Paul l'avait isolé. Une phrase de Léon, Margot ou Georges pouvait catalyser sa colère ou une provocation enjouée. Mon père n'avait plus d'écoute, et, même sans agressivité, ses associations d'idées étaient immédiatement rejetées par les cris de Georges, qui refusait de l'entendre. Il n'avait plus droit de cité.

Le soir, à la fenêtre du cabinet de couture au deuxième étage, je fume mes premières cigarettes en cachette. L'avenue de la Faïencerie est vide et silencieuse, rarement les phares d'une voiture se présentent au loin, au feu de la rue Joseph-Hansen. Au vert, ils balayent les yeux aquarelle de Catherine, puis le son des pneus roulant sur l'asphalte mouillé disparaît dans la nuit. J'ouvre le petit placard latéral de la table de la machine à coudre pour y cacher mon paquet de cigarettes. À côté des boîtes à boutons de nacre, les deux étagères sont remplies de cahiers. Des carnets aux pages noircies de notes écrites de la main de Paul au début des années 70, avant ma naissance. Ces écrits renferment-ils un secret, un récit, ou même une phrase de mon père que je pourrais comprendre ? Face à ce trésor, je m'arrête un instant, j'hésite. Mais la nécessité me transperce.

En feuilletant ces pages, j'exhume l'intimité d'un Journal. Pourquoi ces cahiers sont-ils rangés là, à côté du lit où je dors ? Est-ce un ancien bureau de Paul ? Est-ce que Margot ou Léon les a laissés là à dessein ? Le silence du petit cabinet de couture presse contre mes tempes, mon diaphragme contracté comprime mon torse. J'ai peur d'être surpris, j'ai peur que Paul n'ouvre la porte et qu'il ne découvre, à son tour, ces cahiers abandonnés à ma vue.

Dans l'urgence, le ventre noué, je lis quelques pages. Comme si lire ces mots de Paul, peut-être ceux d'un passé qu'il aurait tu, pouvait m'éclairer, m'aider à me l'expliquer. Mais je ne trouve que des notes incompréhensibles, des idées enchevêtrées, une écriture boulimique, intérieure, qui n'a pas à être lue. Je n'accède à rien qui fasse sens dans l'instant. Je pousse alors la gravité de mon forfait et prends mon Olympus OM10. Les cahiers ouverts, posés au sol sur le tapis beige, je photographie page après page les pensées de Paul. Au son des pneus décollant l'eau de l'asphalte mouillé, avec les yeux de Catherine qui m'observent ; dans la nuit luxembourgeoise, j'ai peur d'être surpris en train de voler le mystère et la confiance de mon père.

Paul n'a jamais élevé la voix sur moi. L'arène familiale le plongeait dans un besoin de ferrailler, quitte à être seul contre tous. Mais notre Ford Fiesta pour écrin, nous savions notre intimité, et lorsque nous descendions l'avenue de la Faïencerie la main à la vitre, klaxonnant un au revoir, mes grands-parents sur le perron s'éloignant dans le rétroviseur intérieur, nous nous retrouvions. Et à Paris, loin de l'insupportable de sa famille, Paul était apaisé.

Je le défendais face à la lassitude de mes grands-parents. Je voulais convaincre Margot et Léon que, même s'ils ne le comprenaient pas, il allait mieux, il allait bien. Il était un père que je ne changerais pour rien au monde. Sa vie à Paris était si différente de ce qu'ils vivaient avec lui. Ils avaient fait les bons choix, pour lui, pour moi.

Longtemps j'ai gardé les pochettes de photographies remplies de ces pages de cahiers reprographiés, sans jamais chercher à les lire. Lire ces images, ç'aurait été nous trahir. Je n'en avais pas besoin. Je n'avais rien à découvrir que je ne puisse demander à Paul. Il répondait aux questions que je lui posais. C'était précieux, et j'aurais gâché ça.

Des années plus tard, je les jetai sans jamais les avoir ouvertes.

*

Les moineaux du Japon proliféraient dans la cage aux oiseaux en bambou. Paul leur ouvrait régulièrement la porte vers la liberté pour éviter la surpopulation et la consanguinité. La fenêtre toujours béante sur l'horizon, les moineaux prenaient leur envol. Puis il refermait la cage pour n'en garder qu'un ou deux et nous partions pour l'île de la Cité.

Canaris, perruches, inséparables, colombes ou gallinacées, gris du Gabon, becs-d'argent, youyous du Sénégal : le chant des couleurs baignait nos dimanches au marché aux oiseaux. Nous ramenions à Maisons-Alfort un sac de graines – du mélange exotique –, un nid ou un os de seiche, je tenais fébrilement la petite boîte en carton dans laquelle nous transportions un nouveau moineau, de quoi renouveler l'espèce.

Le *tchip tchip* des oiseaux nous berce jusque dans la cuisine où il se mêle au son de l'épaule d'agneau saisie dans le fait-tout de fonte et j'annonce à mon père mon projet de devenir photographe. J'ai 15 ans, je suis en classe de troisième et les questions d'orientation scolaire se posent. Pour apprendre la photographie, je ferai des études de sciences, j'espère passer le concours d'entrée à l'École Louis-Lumière.

Le visage de mon père interdit ; ses gestes sur la planche à découper marquent un temps d'arrêt. Les oignons émincés distillent leur parfum lacrymal, l'épaule grille, la graisse claque contre le couvercle en fonte. L'instant dure, je n'entends plus les oiseaux. Paul me regarde. Il soupire. La phrase qu'il prononce alors résonne encore en moi : « Mais je pensais que tu ferais un métier stable… »

Dans ses yeux bleus, j'ai lu son inquiétude. J'y ai vu la précarité de mon choix. Lui qui ne travaillait pas, de quelle *stabilité* parlait-il ? Mon père n'avait jamais formulé aucun fantasme quant à mon avenir professionnel. Il regardait mes bulletins scolaires, bien sûr, mais ne me mettait aucune pression. J'étais libre, il m'espérait accompli. Mais *stable* ?

J'avais beau être libre, j'étais désormais assez grand pour lire sa situation sociale. Je me construisais dans l'idée que, plus tard, ce père singulier serait vieillissant. J'avais l'obligation d'être *stable*. J'héritais de sa différence, il faudrait sûrement qu'un jour je subvienne à ses besoins. Une charge à venir que ma mère alimentait en évoquant la disparition de mes grands-parents, qui surviendrait malheureusement un jour. *Il faudrait bien que je m'occupe de mon père.* Je n'avais pas d'autre solution que de trouver cette stabilité, quel que soit le métier que je choisisse.

Nous ne parlions jamais de cela ensemble. Paul n'avait jamais imaginé pareille chose. Cette idée même l'aurait tout à fait agressé. Un enfant n'avait pas à s'inquiéter pour son père. En se retirant de la vie sociale, il faisait payer son histoire à ses parents, mais pour moi il espérait simplement le meilleur.

Depuis ce jour, mon père m'a toujours soutenu dans mon engagement en photographie.

*

« Comment ça s'est passé ? Ça va ? Ça a été ? » L'anxiété de ma mère, le dimanche soir, lorsque je rentrais après une journée chez mon père, ne changeait pas. Dans ses mots je ressentais sa peur, comme une inquiétude irrésolue, permanente. L'inquiétude qui colle au corps heurté. Elle avait bien sûr tout fait pour que la relation entre Paul et moi soit apaisée, mais ses mots étaient figés dans l'angoisse de la violence, maintenant le traumatisme originel en latence dans la maison, en nous, en moi, exposés par tous les pores.

Au rez-de-chaussée de la maison de Michèle, sur la cheminée du cabinet de psychanalyse, trônait l'affiche de *L'Empire des lumières* de Magritte. Au bord d'une rivière, une maison s'endormait dans la nuit, illuminée par un réverbère. Mais, au-dessus, le ciel était bleu, les nuages blancs moutonnaient, par grand jour. Pour le surréaliste, c'était « la toute-puissance du rêve enfin libéré du contrôle de la raison ».

Au premier étage de la maison des rêves, mes cauchemars, eux, continuaient. Chaque nuit, je hurlais. Ma mère me retrouvait prostré derrière la porte des toilettes, secouant ma couette par la fenêtre, débordé de paroles incohérentes, de cris stridents, le corps tenaillé par l'effroi. Mes amis comparaient mes hurlements à ceux d'« un cochon qu'on égorge ». Au matin, je ne me souvenais de rien de la terreur enfouie dans mes rêves libérés du contrôle de la raison.

Michèle savait qu'il fallait mettre des mots sur l'enfance. Elle m'avait raconté au plus tôt ce matin de 1975, ce matin où Paul l'avait frappée alors que j'étais dans ses bras. Elle l'avait redit avec d'autres mots, plus tard. Mais même s'il n'avait jamais été violent avec moi, ni avec aucun enfant, chaque nuit, le hurlement sidéré de la peur primordiale resurgissait. Michèle savait bien qu'il fallait mettre des mots sur l'enfance, mais elle ne m'a jamais proposé d'aller en parler à quelqu'un. Les psychanalystes ne sont pas, non plus, les mieux chaussés. Pendant trente ans, j'ai hurlé la nuit.

La normalité singulière de la relation que nous forgeons avec mon père n'est évidemment pas partagée par ma mère. Et ça m'énerve. *Ça va ? Ça a été ?* Je suis oppressé par ses mots, je ne veux plus sentir son anxiété. Je veux être libre, aux côtés de mon père. *Ça va ? Ça a été ?*

Un soir d'adolescence, je rentre de Maisons-Alfort, Paul m'a déposé à la grille de la maison. Aux « Ça va ? Ça a été ? » je réponds par ma colère et ma lassitude face à ces interrogations. Je suis en âge de faire seul avec Paul. Elle ne voit pas combien il va mieux. Combien nous pouvons nous trouver. Michel, le compagnon de ma mère, abonde dans mon sens. Il la reconnaît, cette peur, il a rencontré Michèle dans le chaos de la séparation et de l'angoisse. Il est temps de me laisser vivre désormais. Ailleurs que dans la peur.

*

« Mais qu'est-ce, mais qu'est-ce qu'on attend pour foutre le feu ? Mais qu'est-ce qu'on attend pour ne plus suivre les règles du jeu ? [...] De toute une jeunesse, vous avez brûlé les ailes, brisé les rêves, tari la sève de l'espérance. » Le vidéo-clip de Suprême NTM s'ouvrait sur les tours construites dans « un esprit futuriste et grandiose » dans les années 60, promettant la fin des bidonvilles de Nanterre à grand renfort de cartes postales et de films publicitaires. Eau et gaz à tous les étages.

Sur la vue 8A de la bande de négatif Kodak T-MAX 400 ASA de la première planche-contact que je tirai à l'École Louis-Lumière, le quartier déserté donne aux immeubles des airs de maquette ou de décor du film *Playtime*. Une maquette décatie, oubliée au grenier. Un projet urbain dépassé, un quartier futuriste trop vite relégué au passé. L'« architecture de bon goût » et l'« organisation intérieure exceptionnelle » ont mal vieilli. Le Val-Fourré.

Sur la vue 9A de la planche-contact, les immeubles s'effondrent dans un nuage de fumée et de poussière. Des images de guerre qui font penser aux bombardements de Tsahal sur Gaza ou le Liban-Sud. Mais le marquage au sol sur l'avenue, la taille des arbres, à la française, l'amorce du casque d'un CRS, la publicité pour le supermarché Mammouth de Mantes évoquent, eux, bien la France.

Sur la vue 10A de la planche-contact, la vague du blast avale la cité. Le nuage blanc a enseveli l'ensemble de l'image, aspirant les immeubles. De la ville effacée par la poussière ne subsistent que quelques feux de signalisation qui pénètrent le cadre par la gauche et la droite et l'alignement des arbres du premier plan. Table rase.

J'ai 18 ans ce samedi. Fini l'architecture de bon goût, fini l'esprit futuriste et grandiose, les premières tours du Val-Fourré tombent. Quatre immeubles du quartier des Écrivains, construits en 1965, sont dynamités. Avec eux, trente années d'histoire de centaines de familles sont effacées. On appelle ça la *rénovation urbaine*.

Ce samedi matin du 26 septembre, Paul me retrouve sur la place de la Bastille, me tend la page du *Parisien* annonçant l'événement et me dit : « Tu as 18 ans, tout s'effondre dans la famille. » Nous prenons la nouvelle Ford Fiesta, rouge, en direction de Mantes-la-Jolie pour voir s'effondrer les tours. Chacune s'effondre comme un soufflé, chacune comme une bougie soufflée.

Je suis majeur.

*

Je vivais seul avec ma mère dans un appartement du XIe arrondissement. Au départ d'Olivier et Lola de la maison de Saint-Mandé, nous avions déménagé. J'étais désormais majeur, je voulais partir à mon tour.

Plutôt que de chercher une chambre à louer – c'était avant que l'immobilier parisien flambe –, Michèle décida d'acheter un petit studio au nom d'Olivier, Lola et moi.

« Comme ça ton père aura au moins un toit si tu dois t'occuper de lui. » La phrase était sûre, la perspective semblait inéluctable. Une certitude dans laquelle vivait ma mère. Et moi, je devais vivre avec cette épée de Damoclès au-dessus de l'avenir. Lola et Olivier étaient, eux, embarqués dans l'obligation de solidarité. Paul, l'exil en refuge, ne savait rien de ces attentions, mais la route qui lui était promise par ma mère était toute tracée. Mon père, banni par lui-même, avec pour mythe une montée de LSD dont il ne serait jamais redescendu, était condamné à être mon fardeau.

Margot et Léon avaient tenté à plusieurs reprises de lui forcer la main. Ils étaient venus à Paris pour visiter des appartements et lui acheter un toit, mais il avait toujours refusé, convaincu que les propriétaires étaient d'une mafia dont il ne voulait être. Par provocation, il disait : « Je finirai sous les ponts. » Cette perspective me plongeait, comme nous tous, dans une angoisse profonde. J'avais peur qu'il ne pousse plus loin encore son exil et qu'il ne s'inflige pareille peine. Finir sous les ponts.

*

Je hurlais la nuit. Toujours là, la terreur. Le jour, l'angoisse me hantait. J'étais assailli par la peur de la fin. À la simple pensée de la mort, je sentais le vide m'aspirer. La perspective de l'effacement et du néant me tétanisait depuis l'enfance. Mon ventre se nouait à la simple mention de l'impensable. Ne plus voir, ne plus aimer, ne plus toucher, ne plus penser, ne même pas flotter, plus rien. Disparaître. N'être nulle part. La pensée prise en étau par les tempes et l'abysse, les yeux dans le vide, les sens fermés aux impressions du vivant, absorbé par l'absence, il n'y avait plus d'image possible ; je m'engouffrais dans la peur, inapaisable. Hurlée dedans. Aucun refuge mystique, aucune élaboration intellectuelle, rien ne pouvait tranquilliser la terrible permanence de mon hurlement.

*

L'obscurité de la nuit et du noir de la diapositive est transpercée par les gerbes de tiges de mil de feu. Les silhouettes sont floues, fantomatiques. Le jaune dessine quelques plis de pagnes, les jambes et les pieds nus, foulant la tombe de leurs pas dansés, sont baignés de l'orangé brûlant. Debout sur le tumulus, le tambour parle. Il scande la danse rituelle. Eux dansent contre la mort. Le long temps de pose fait des corps des filets d'âmes, des esprits de brousse, soufflés par la saccade de la peau frappée par le tambourinaire. Les deuilleurs dansent contre la mort et ils danseront là des lunes, car Mimiala est morte.

La Peugeot 504 pick-up chargée de cantines roulait sur la piste durcie de soleil, la latérite pourpre s'était changée en tôle ondulée. Nous avions conduit une première journée, rougis de poussière, de Ouagadougou à Fada N'Gourma, de check-points en salamalecs avec les gouverneurs de province. Nous avions roulé un jour encore, d'ornières en marigots asséchés, fait le plein d'essence de contrebande à l'entonnoir de la frontière du Niger. Sur les barils bleus rouillés, des bouteilles à la transparence jaune de carburant. La piste rythmée par les arrêts incontournables pour présenter nos hommages aux chefs des villages traversés, les yeux plongés dans les indigos du marché de Namounou. Après deux jours de poussière, les cheveux fer oxydé, la bouche sèche, le regard rouge, nous arrivions au village de Yobri, au pied des falaises du Gobnangou. Mimiala, la femme du chef, venait de mourir. La maison commune était en deuil et nous étions pris dans le rituel, qui tous les soirs, pendant de longues semaines, allait se rejouer.

Chaque soir, à la nuit tombante, la mort venait rôder autour de la maison familiale et chaque soir recommençaient les funérailles. Chaque soir, les deuilleurs devaient rejeter la mort dans la nuit et reprendre vie dans la chaleur du feu du tambour. La mort rôdait, elle était là, elle risquait d'emporter toute la famille avec elle si le deuil n'était pas observé correctement.

Pour ne pas laisser la défunte « livrer les secrets de la vie à la Mort », chaque soir, il fallait réinvestir la case de la disparue et l'aider à « faire ses bagages ». Chaque soir, il fallait chanter le *Bumpo*, et se réapproprier, un à un, les gestes de vie du quotidien, le *bon piler*, le *bon moudre*, le *bon manger*, et les garder de par les vivants. Chaque soir, les orphelins devaient rejeter vers l'ouest et la nuit, en dehors de la maison commune, « les choses sales de la mort ». Chaque soir, le tambour invitait les deuilleurs à danser et piétiner la tombe tel un champ à féconder, labouré du son des chants bacchanaux. Chaque soir, les enfants se réappropriaient les forces de vie et traitaient le tumulus rituellement pour le rendre fertile.

Lorsqu'un chef mourait, il était enterré dans un lieu tenu secret, des épines dans les mains et les yeux « pour ne pas pouvoir les refermer sur les secrets du village », sans quoi tous ses sujets auraient été emportés par « la mort, les mauvais sorciers, les bagarres, les fièvres ou les accidents sanglants ».

Michel, le compagnon de ma mère, était anthropologue. Il croisait les champs de l'ethnologie, de la philosophie et de la psychanalyse pour comparer les systèmes de pensée en Afrique noire. Il travaillait sur l'écriture divinatoire chez les Gourmantchés au Burkina Faso. Compagnon de route de Pierre Clastres, ils avaient ensemble ferraillé à coups de chaîne de vélo contre les étudiants d'extrême droite de la faculté d'Assas emmenés par le jeune Jean-Marie Le Pen. Il avait ensuite partagé avec Michèle les séminaires de Lacan. En homme libre, il portait un gilet en peau de mouton, il écrasait ses cigarettes entre ses dents, méprisait la bêtise et détestait toutes les formes de colonialisme, y compris celles des ONG. Il avait cette expression d'un autre temps, « Tranquille Bastos ». Il était, lui aussi, terrifié par la mort. Chez les Gourmantchés, il aimait l'idée que la Terre parle, mais surtout aussi qu'elle puisse mentir, il aimait ce qui surgit dans les replis de la langue, il aimait Mallarmé.

Chaque soir, les orphelins rejouaient la cosmogonie familiale, sa transmission et ses secrets. Sans album ni images. Chacun, trouvant sa place dans la douleur collective, réglait son compte à la mort. À la force du rituel de deuil, je découvrais les mots et les gestes des Gourmantchés qui, ensemble, faisaient corps, force de vie, et repoussaient le froid de la nuit afin qu'il n'y ait pas de mauvais morts, ceux qui errent et ne trouvent jamais la paix.

Accompagné par Michel, je réalisai mon premier reportage photographique et mon premier film.

J'avais aussi apporté un Polaroid type 320, à soufflet et négatif récupérable, trouvé dans une brocante. Entre les rouleaux du vieil appareil amateur, la gousse de produits de développement se laminait mal. J'avais voulu offrir leur portrait aux habitants du village, à Yempabou, Palamanga, Ampuguini, ou Diacibo, mais, sur les images, les striures de jaune semblaient emporter les corps, et les visages disparaissaient dans l'évanescence de la chimie dégoulinante. Certains regardaient leur photo à l'envers, d'autres, les plus âgés, me disaient : « Arrête ! Tu prends le meilleur… »

*

« Terre-Sable, as-tu la parole dans ma main ? », « Qu'est-ce que je dois craindre ? », « D'où vient ce mal qui m'atteint ? », « Cet enfant qui est malade, vais-je pouvoir tenir sa vie ? » La Terre parle, et Diawambo, le frappeur de sable, interroge pour nous l'instance oraculaire et les puissances de l'invisible. Il frappe le sol à petits coups répétés puis trace ses alignements de points, de figures paires ou impaires, additionnées et redéployées à l'infini de la mystique des nombres ; les lunes prennent corps dans la bouche de la Terre.

Dans mon carnet d'écolier indien, cousu de fil bleu couleur de jean, les feuilles de notes assemblées au Scotch jauni sont couvertes des noms des figures que le devin traçait sur le sable. *La tristesse, le blanc, le noir, le rouge, la maigreur*… chacune placée par le sort dans une maison symbolique, *la maison des ancêtres ou de la mort, la maison des jeunes filles ou des jeunes hommes, la maison du grand avoir ou de la grande procréation, la maison du caché ou du second témoin, la maison du chemin*…

Le devin interroge la Terre. Et ce jour-là nous sommes les demandeurs. Qu'entend-elle de mes hurlements la nuit ?

Les doigts blanchis par le sable, Diawambo questionne l'oracle et grave finalement sur un morceau de calebasse les injonctions du sable. Il faut sacrifier un poulet dans l'œuf, faire forger un bracelet de bronze tressé de cuivre et de fer. Ainsi seulement pourrai-je apaiser les esprits de brousse et lutter contre mes cauchemars.

*

Je passai l'été de mes 19 ans dans un service de psychiatrie à l'hôpital de Ville-Évrard, en région parisienne. J'avais proposé d'y animer un atelier de photographie avec les patients.

Quelques mois plus tôt, Sebastião Salgado avait eu la gentillesse de m'accorder un entretien pour que je lui parle de mon envie de devenir photographe. Dans le salon de son appartement de la cité Popincourt, je lui avais raconté combien j'aimais les voyages et la photographie. Sa réponse était tombée comme un couperet fondateur : « Si tu aimes voyager, tu pourrais travailler comme guide ou dans une agence de voyages… Mais si tu aimes la photographie, tu peux faire des images en bas de chez toi. » J'avais 19 ans, « en bas de chez moi » pouvait être un service de psychiatrie.

Il fait chaud dehors. Derrière les portes du pavillon asilaire fermé, sur le carrelage, les odeurs de tabac froid, le temps pègue. Je cherche ma place parmi les hères. Je fais peu d'images. Mes premières photographies en noir et blanc des visages tirés par la maladie mentale me semblent trop violentes, trop dramatiques. Le sombre et l'obscur de l'angoisse débordent mes images, je ne trouve pas le fil de l'humanité que j'espère porter sur ce sujet. Je suis submergé par la violence de l'enfermement et la fragilité de la démence. Il fait froid dedans.

Lorsque je reviens vers les patients que j'ai photographiés pour leur donner leurs tirages, ils me disent : « Ça n'est pas moi sur la photo ! »

J'ai passé un mois d'errance en psychiatrie. Un mois au terme duquel j'ai mis fin à l'atelier et à ma présence dans le service. Je n'avais pas eu le courage de trouver la forme que devaient prendre mes images. Peut-être avais-je eu besoin d'aller voir de plus près l'épée de l'enfermement psychiatrique, et sa violence, suspendue au-dessus de mon père. Au-dessus de nous. Au-dessus de moi. Je n'avais pas réussi à prendre du recul.

J'ai compris qu'il fallait du temps pour trouver sa place, pour être à bonne distance des fantômes, pour dépasser ma nécessité intérieure, et porter un regard décollé. Si je prenais *le meilleur*, il fallait en faire une image juste. Une image dans laquelle chacun puisse se reconnaître. Je n'ai gardé aucune photographie de ce séjour en psychiatrie.

*

Paul a cessé de se tailler la barbe. Il a maintenant une barbe d'Ancien Testament qui lui donne des airs de sage, de Simon du désert ou de sans-abri, au choix. Il s'assoit sur le canapé clic-clac de mon petit studio du passage Saint-Pierre-Amelot et me présente Françoise, sa nouvelle compagne. Ils se sont rencontrés dans un groupe de travail de psychanalyse chrétienne, relisant Lacan à la faveur du Nouveau Testament et inversement. Françoise est bienveillante, elle semble prendre soin de lui. Il m'annonce que désormais il vit sur les hauteurs de Montmartre, chez elle. Ou plutôt dans un studio qu'elle loue à côté de son appartement, sur le même palier. Assise sur le canapé clic-clac, Françoise le regarde, ses yeux divergents éclairés d'amour. Ils ont l'air heureux, attendris, légers. Jeunes amoureux. Françoise le regarde. Je la regarde. Elle louche elle aussi, assurément.

Paul n'habitait donc plus Maisons-Alfort. Quand le propriétaire de son appartement avait décidé de vendre, mon père avait arrêté de payer ses loyers. Un matin, remontant de ses premières heures de lecture au bord de la Marne, il avait trouvé son appartement fermé. Sous scellés. Quelques heures plus tard, sous le regard de la police, il n'emmenait que quelques vêtements, ses papiers et ses oiseaux dans la cage en bambou.

Ses livres, mes jouets, notre premier laboratoire, la yaourtière, le bilboquet et les tankas avaient été déposés dans un garde-meuble par les huissiers. Il ne chercha jamais à en récupérer quoi que ce soit.

Les négatifs du Grau-du-Roi et les images de mon enfance à ses côtés disparaissaient. Il ne restait dans l'album de nos mémoires que les quelques tirages maladroits que nous avions réalisés aux premières lueurs de la lumière inactinique de notre laboratoire.

*

Les quatre images de la photographie présentent le même portrait, au même instant, avec le léger décalage de point de vue de la chambre à quatre objectifs Polaroid dédiée à la photographie d'identité. Trois quarts volontaire, impeccablement rasé, à peine un léger épi subsiste, je souris à l'objectif du responsable de COPIE2000-Les Andelys. Les couleurs sont criardes : cravate en arabesque orange et rouge, veste de costume vert olive, chemise à motifs épuisants ; on dirait une illusion d'optique.

J'avais trouvé un travail d'été de VRP pour Polaroid. Je devais rendre visite à toutes les boutiques de photographes et magasins de photocopies de Normandie pour apprendre à leur propriétaire à réaliser correctement des images avec leur appareil dédié à la prise de photos d'identité.

Face à mes boucles d'oreilles en feuille de cannabis, un bouc mal garni datant de mon premier voyage en Chine, des cheveux longs tombant sans volume et une tenue perdue dans la mode du début des années 90, mon employeur m'avait fortement suggéré de revoir mon « look de photographe ».

Guidé par ma seule conscience professionnelle, j'avais filé chez Tati pour m'acheter cravates, veste taillée au plus droit et quelques chemises que j'avais appris à repasser au niveau du col et des boutonnières. À bord de la Ford Fiesta rouge de mon père, je sillonnais les routes normandes de juillet et dispensais mes conseils en servant de modèle et de mire de couleur, guidé par l'appât du pécule qui financerait mon prochain voyage en Inde, au mois d'août.

*

Le passe-partout de carton a jauni, il est à peine plus grand que l'image en moyen format qu'il encadre. Le papier vergé crème, découpé maladroitement à la main, teinté de nicotine, contraste avec l'électrique bleu de la chimie périmée du Polaroid dont j'avais pu récupérer un stock. Les traits de Paul, saturés, dessinés de contrastes, surgissent du noir outremer de l'image. Le portrait a été réalisé en plongée, le buste s'inscrit dans la diagonale du cadre. Dans l'ombre cobalt, la ligne du corps de Paul, détourée par l'unique éclairage latéral, fait surgir son visage baigné de lumière blanche aux teintes rosées. Son regard fixe droit l'objectif. L'innocence de Catherine, la mélancolie de Margot, la colère de Paul : les mêmes yeux bleu-gris – un siècle dans le regard – perforent le cadre. Malgré la perspective du grand angle, sa barbe demeure l'objet central de l'image.

J'avais voulu faire de mon père avec sa nouvelle barbe une icône pieuse. Avec sa chemise à motifs striés à carreaux assortie à son gilet, il s'était apprêté pour la séance de portrait au studio de l'école.

Sous le voile noir, je découvrais la prise de vue en studio. L'image inversée se formait sur le verre dépoli de la chambre photographique SINAR. J'avais construit mon cadre sans tenir compte de cet effet miroir et le résultat de ma prise de vue était à l'opposé de mon attente. J'avais réalisé une photographie à la perspective inversée, descendante, qui manquait cruellement de dynamisme. À la lecture de l'image, le regard ne convergeait plus vers les yeux de Paul mais vers le bas de son corps. Espérant retrouver la force de la perspective escomptée, je rephotographiai l'image et en fis un tirage à l'envers.

À peine ma valise déposée dans le cabinet de couture de Margot, je redescends l'escalier de carrelage pour offrir son portrait à mon père. En bas, dans le couloir entre la porte de la cuisine et celle du salon, je lui offre le passe-partout vergé. Instantanément, il remarque que son visage n'est pas juste. Il se retrouve contraire, tel Ours-des-Montagnes dans *Little Big Man*. Entre deux portes, surpris par sa figure transformée, lui aussi s'exclame : « Mais ça n'est pas moi sur la photo ! »

*

Un soir, Paul descendit l'escalier de la maison de l'avenue de la Faïencerie, dans les mains une cassette VHS. Il était depuis longtemps en rupture avec l'électricité et n'avait pas été atteint par l'ère de l'électronique. C'était bien après l'avènement du DVD, mais la bande magnétique était encore trop moderne pour lui. Paul, avec sa cassette vidéo, avait l'air aussi embarrassé qu'une poule devant un couteau. Il ne savait pas comment lire sa trouvaille, dénichée chez un bouquiniste, sur laquelle était couché un vieux colloque de psychanalyse.

Il me demanda de la charger dans le magnétoscope sur lequel nous avions l'habitude de regarder religieusement les sempiternelles vidéos australiennes qu'envoyait Charles, décrivant par le menu et en luxembourgeois, pendant des heures, le foyer du Queensland, la préparation des gâteaux d'anniversaire, les premiers pas des enfants, les koalas ou la congrégation Jesus-folk.

J'insérai la VHS dans le magnétoscope. Paul s'installa à la table de la salle à manger. Sur l'écran du téléviseur, l'image en noir et blanc s'apparentait à une rémanence de débat de l'ORTF. Quatre ou cinq personnes en costume aussi gris que le vide du décor, assises derrière une table de conférence, étaient filmées en plan fixe. Dans le calme de la maison endormie, je laissai Paul seul et partis me coucher.

Le lendemain je lui demandai s'il avait apprécié sa découverte. Il me répondit déçu, aussi candide que low-tech, balayant l'air du revers de sa main : « Oh là là ! C'était ennuyeux ! Je n'ai même pas regardé la face B ! »

*

Paul vit désormais son exil à Montmartre dans son studio de vingt-cinq mètres carrés perché tout en haut de la Butte, à deux pas des sœurs bénédictines du couvent du Sacré-Cœur avec lesquelles il va parfois chanter. Vingt-cinq mètres carrés et autant de mètres cubes de livres. Des milliers de livres et de journaux, partout, occupent l'espace jusqu'au plafond. Il ne reste que l'épaisseur d'un homme de profil pour se faufiler dans l'entrebâillement de la porte bloquée par les piles de cartons. Un chemin laisse libre l'accès à la salle de bains, quelques centimètres permettent de longer le lit, contourner la cage à oiseaux de bambou et atteindre la fenêtre ouverte sur les chemins de fer du Nord, les tours Levant et Ponant des Mercuriales de la porte de Bagnolet, la soucoupe volante de télétransmission de Romainville et, au loin, le plateau d'Avron. Devant la fenêtre, une clairière d'un petit mètre carré suffit à se tenir debout face à la kitchenette équipée. Évier inox, plaques électriques d'un autre âge et frigo sur la porte duquel, là aussi, Paul a collé un bouchon de plastique pour rétrograder l'électroménager au rang de garde-manger. Faute de yaourtière, le lait de la veille caille dans un torchon sur un bol, dans l'espérance d'un fromage frais.

Paul n'utilise plus l'électricité. Plus l'eau chaude, pas de radio, ni de télé bien sûr, jamais de téléphone portable. Il ne saurait pas allumer un ordinateur, n'a jamais vu un e-mail. Toute lumière artificielle a été bannie. Paul vit au rythme du soleil, la fenêtre ouverte toute l'année.

À l'aube, il sort dans la rue Lamarck, enjambe les grilles du square Marcel-Bleustein-Blanchet, encore fermé au public, et s'installe tranquillement sur un banc. Les agents municipaux ont pris l'habitude de le trouver à l'ouverture du square, prêt à discuter de sa lecture du jour.

Si le Montmartrobus est baigné de la lumière des journées ensoleillées du mois d'août, Paul négocie avec le chauffeur afin qu'il éteigne les néons qui lui font mal à la tête. Sa barbe est devenue si longue que parfois les enfants dans l'autobus l'appellent Ben Laden.

*

En remontant sur son perchoir de la Butte, mon père me rendait de temps en temps visite, en voisin, à l'hôtel Royal Fromentin, près de Pigalle. J'étais veilleur de nuit pour gagner mes premiers sous et financer le début de mes reportages. De 20 heures à 8 heures du matin, j'étais d'ordinaire seul à la réception de ce petit hôtel à la clientèle mêlant musiciens de la place Blanche et représentants placiers. Mais, ce soir-là, le directeur de l'hôtel passa impromptu. Mon père était là. À son arrivée, ne voulant pas me déranger dans mon travail, il s'éclipsa discrètement sans se présenter.

Le directeur de l'hôtel se retourna alors sur ce qui lui semblait être un passant venu de la rue, comme cela arrivait souvent dans le quartier. La porte vitrée se referma sur Paul, et mon employeur, se tournant vers moi d'un air goguenard, le compara à l'Abbé Pierre et moqua ce qu'il pensait être un SDF.

Je fus traversé par un mélange de colère et de honte. Parce que je me tus face à celui qui répandait sa morgue sur Paul sans lui dire qu'il était mon père. J'avais autant de haine pour la suffisance de cet homme méprisable que pour moi qui n'avais pas osé l'insulter. J'aurais rêvé d'avoir le courage de lui mettre mon poing sur la gueule et de lui montrer combien j'étais fier d'être le fils de Paul.

*

Les bâches sont maintenues aux piquets de fortune par des cordelettes, les remorques des tracteurs ont été transformées à la hâte en charrues d'exode ; sous les plastiques s'entassent des dizaines de femmes et d'enfants emmitouflés dans des couvertures, protégés du froid et de la poussière comme ils le peuvent. Des visages hagards ou en pleurs, la terreur ancrée dans le regard. Ils sont sidérés par le chaos du départ forcé par les armes. Certains des enfants ont été séparés de leurs parents. Les miliciens vidaient les maisons une à une. Les hommes ne font pas partie du voyage.

Camions, tracteurs, charrettes ou voitures, tout ce qui peut servir à fuir les milices de Slobodan Milošević afflue dans l'urgence à la frontière albanaise. Au cœur de l'Europe, en 1999, les pays de l'OTAN bombardent la Serbie épuratrice et la file des réfugiés kosovars se gonfle chaque jour de milliers de visages traumatisés.

Sur l'écran de ma télévision, je regardais les premières images de l'afflux des réfugiés à la frontière albanaise. L'Histoire en direct. Je commençais à peine à travailler pour la presse et, porté par le mythe du photoreporter, j'imaginais qu'il fallait que je me confronte à la photographie d'actualité. J'espérais rejoindre l'Albanie mais aucun réseau ne me permettait d'avoir la commande d'un journal.

Sur mon ordinateur au modem 56k connecté, je cherchai sur Internet les noms et coordonnées de responsables d'organisation humanitaire. Je les appelai un à un le jour même et leur offris de partir à leurs côtés en échange de photographies. Le soir, Action contre la faim me proposait de rejoindre son équipe à 4 heures du matin à Roissy. En quelques heures, j'embarquais pour l'Albanie. J'étais photoreporter.

Vingt mille personnes fuyant l'ancienne province yougoslave du Kosovo se présentaient chaque jour, pour trouver refuge en Albanie, au poste-frontière de Kukës. La presse du monde entier s'était pressée derrière la barrière frontalière. De l'autre côté du pont, les miliciens de Milošević arrachaient les plaques d'immatriculation et confisquaient les passeports afin de définitivement déchoir de leur nationalité ceux qu'ils expulsaient de leur projet de Grande Serbie.

Au travers de la meurtrière d'un bunker, je photographiais la file interminable de ces embarcations de fortune à l'arrêt dans le *no man's land* bordé de grilles. Au milieu du pont, des blocs de béton coupaient tout accès au Kosovo. Sur l'autre versant du vallon, au loin, les drapeaux serbes flottaient sur le poste-frontière. Dans le dos de l'exode, ceux qui fuyaient laissaient derrière eux un panneau routier écrit de blanc sur fond bleu : « YOUGOSLAVIE ».

« Si vos photos ne sont pas assez bonnes, c'est que vous n'êtes pas assez près. » Le mythe de Robert Capa, le plus célèbre des photographes de guerre, résonnait telle une injonction absurde dans ma tête. Dans la panique de l'afflux des réfugiés, je passai discrètement de l'autre côté de la barrière frontalière albanaise, longeai les grilles, remontai la file de tracteurs à l'arrêt, traversai les blocs de béton jusqu'à l'autre côté du pont et du *no man's land.* J'avançai jusqu'au niveau du panneau routier écrit de blanc sur bleu, croyant naïvement faire une meilleure image, de plus près.

Je remonte les pleurs de paysannes à robe et foulard, je vois les yeux perdus des plus âgées, le regard transformé à jamais d'adolescents en veste de tweed fané. Sous les couvertures à roses slaves chatoyantes et saturées, les enfants sont agrippés aux bras de leurs mères. Je croise le regard terrorisé d'un rare père de famille au volant de sa voiture surchargée. Terrorisé, mais insistant à essayer de me dire quelque chose. Je ne comprends pas. Je m'approche. Il crie. Ses yeux cherchent derrière moi. Je me retourne. Il est trop tard.

Deux hommes en bomber bleu sont dans mon dos. En un instant, l'un tente de s'emparer de mon Leica, l'autre m'attrape par le pull. Je sens la masse de leurs corps qui cherche à m'emmener. J'essaye de m'arracher de mon vêtement, je m'accroche au montant des portières de la voiture de celui qui a tenté de me prévenir. Ils me saisissent les bras. Je crie. Je me débats à coups de pied. Et tout s'accélère. Un des deux hommes sort son revolver.

La tête tenue en arrière par les cheveux, le visage vers le ciel, le canon sur la tempe. Les deux miliciens m'emmènent vers le poste-frontière, côté serbe. « YOUGOSLAVIE ».

La vie nouée dans le ventre, le sang bouillonnant dans les tempes, le froid de l'arme sur le crâne rougi par les cheveux tirés, il ne me reste que des images suspendues dans le voile cotonneux du silence assourdissant du poste-frontière. L'instant dilaté, l'air ployant sous le poids de la peur de ceux qui passent pour la dernière fois la porte de leur pays. Les voitures à l'arrêt, les tas de plaques d'immatriculation, les passeports confisqués. Dans ce temps étouffé, le souffle coupé par la terreur, les deux miliciens me conduisent à l'intérieur du bâtiment.

Le béton de la grande salle vide résonne d'un calme étrange. Des armes sont adossées au mur et au centre trône un vieux canapé sur lequel quelques soldats végètent. À notre irruption et aux hurlements en serbe de mes gardes, un des militaires se lève, saisit une mitraillette à bipied posée au sol et me met en joue. Les deux miliciens me plaquent face contre le mur. Dans mon dos, le soldat, l'arme pointée sur moi, hurle : « NATO ! NATO ! »

Je revois le crépi vert clair à quelques centimètres devant mes yeux. Les mains en l'air, j'attends la détonation. Devant ce crépi vert clair, j'entends ma dernière pensée : 24 ans. Je ne pensais pas que ça viendrait aussi vite.

*

Paul avait toujours eu besoin d'une carte de séjour pour vivre en France. Avant l'ouverture des frontières et la libre circulation des personnes en Europe, pendant trente ans il avait dû faire des heures de queue à la préfecture du Val-de-Marne. Recommençant parfois chaque année, lorsque son permis de séjour n'était renouvelé que pour un an, se confrontant au mépris de l'administration et de ses agents dont on peut imaginer l'absence de complaisance face à des demandeurs plus lointains.

Je me souviens qu'enfant, à la sortie de Longwy, la file des voitures défilait devant l'uniforme, vareuse marine, pantalon bleu céleste et bande garance ; nous faisions profil bas sous le regard d'autorité du douanier. Paul avait peur que je ne puisse pas garder ma nationalité française et, dès l'âge de 8 ans, il m'avait confié un certificat de nationalité. Il avait dû l'accompagner d'un discours suffisamment fort pour que je le conserve, tel un talisman, jusqu'à ma majorité, enroulé dans son tube de carton sur lequel était écrit de sa main : *Nationalité française Samuel.*

Majeur, l'Europe ne me permettait pas encore d'avoir les deux nationalités, je devais choisir entre le Luxembourg et la France. Choisir d'être français ou luxembourgeois, c'était choisir entre ma mère et mon père. M'extraire d'une partie de mon histoire. Un choix, même symbolique, que je ne voulais pas avoir à faire.

J'avais donc fait renouveler mon passeport français et fait une demande au Luxembourg juste avant mes 18 ans dans l'espoir de gagner quelques années avec un passeport de chaque nationalité, le temps qu'Europe se fasse.

Par coquetterie plus que par anticipation, j'étais fier de pouvoir utiliser mon passeport luxembourgeois, j'avais décidé d'entrer sur le sol albanais avec la nationalité de mon père.

*

Face au mur de crépi vert, la perspective de ma mort imminente ne convoque rien de mes terribles angoisses. Non pas que je ne ressente aucune peur ; je suis forcément terrifié. Mais plutôt que d'être tétanisé, de m'effondrer ou me noyer dans les larmes, je découvre ce que j'imagine être le sang-froid. Dans les froides profondeurs de l'océan, le sang de l'espadon reste à la température de l'eau, mais il est capable d'augmenter la température de son cerveau, de son cœur et de ses yeux. Mon cerveau, précis, carbure à plein régime pour m'extraire de cette situation.

Lentement, je baisse ma main droite vers la poche de mon pantalon. De façon absurde, je dis : « *No NATO, no*

NATO ! » et sors doucement mon passeport luxembourgeois, pays neutre, espérant mon salut. L'arme s'abaisse. Un des miliciens prend mon passeport. Après l'avoir inspecté, il part chercher un supérieur militaire. Un troisième homme, en bomber lui aussi, qui parle anglais. Ils m'emmènent dans un bureau à l'arrière du poste-frontière.

La pièce exiguë, les murs vides, le mobilier gris ; à la table de mon interrogatoire, je suis assis face à celui qui semble être le chef, un second à ma droite. Les deux miliciens commencent à me questionner : « Tu préfères mourir d'une balle dans la tête ou un couteau dans la gorge ? » Celui qui m'a déjà posé le canon de son arme sur la tempe et plaqué au mur, dos à la mitraillette, me présente, l'un après l'autre sur le bureau, son revolver et un couteau de survie.

Les yeux vifs, le cerveau en alerte, le cœur suspendu, tous les scénarios défilent dans ma tête. J'imagine qu'il faut les convaincre que je ne vaux pas la peine d'autant d'attention. Je ne veux pas qu'ils me tuent, bien sûr, mais je ne veux pas non plus qu'ils me gardent en otage. J'essaye de réduire à rien l'intérêt de leur prise. « Je suis jeune, je n'ai aucune expérience, c'est mon premier reportage, je suis indépendant, je n'ai même pas de carte de presse, je n'ai pas de commande, il n'y a pas d'armée au Luxembourg, c'est un pays neutre... » J'essaye de n'être rien.

Ils reprennent : « Tu as de la famille ? Tu veux les appeler pour leur dire au revoir ? »

Une heure et demie d'interrogatoire et un simulacre d'exécution plus tard, les miliciens serbes finalement me libèrent, confisquant mes films du matin et me laissant étrangement mon Leica.

Je retraverse le *no man's land* en sens inverse, remonte la file des tracteurs, passe les blocs de béton, le cerveau bouillonnant, le cœur prêt à exploser, les yeux cherchant un regard au loin, de l'autre côté de la barrière albanaise. Le pont m'apparaît plus long que jamais. La peur reprend ses aises, je n'ose pas courir ni me retourner pour voir si, dans mon dos, les miliciens serbes me tiennent en joue. J'ai peur de faire un faux mouvement. Chaque pas suspendu, le plus régulier possible, le long des grilles, me rapproche de la libération. Je repasse enfin la frontière albanaise dans l'autre sens. De retour de l'autre côté du vivant.

Au fur et à mesure que la peur rétrospective m'envahissait, le chaos de l'exil reparaissait, l'urgence poursuivait le fil de l'histoire, mon corps parcourait les collines de Kukës baignées de froid et du traumatisme palpable des réfugiés ; je mesurais ma chance. J'avais goûté à l'adrénaline du photoreporter de guerre et je comprenais que risquer de mourir pour faire des images n'avait pas de sens. Je pouvais être photographe et traiter de sujets importants en bas de chez moi ou voyager loin sans risquer la mort. J'étais saisi par la fragilité de l'existence : 24 ans, c'était trop tôt. Mais j'aimais l'idée qu'être luxembourgeois m'avait peut-être sauvé la vie.

*

Je suis né avec l'arrivée de la photographie couleur dans les albums. Les enfances des générations précédentes s'étaient imagées en noir et blanc. L'ORTF, les actualités filmées, les archives de Capa, de Lange, de Cartier-Bresson, Salgado ou Caron, les images du passé, les traces des adultes : l'imaginaire qui m'avait précédé au XXe siècle était en noir et blanc. Si bien qu'enfant j'ai toujours cru que mes parents et grands-parents, outre le fait qu'ils avaient des prénoms de vieux, avaient en plus vécu en noir et blanc. Je pensais que leur mémoire était en gris ou, au mieux, colorisée à l'aquarelle.

À l'École Louis-Lumière, je découvris la photographie en couleur et ce fut une révélation. La photographie que j'avais apprivoisée dans le laboratoire de la salle de bains de Maisons-Alfort ne me convenait plus. Le photoreportage en noir m'apparaissait appartenir à un autre temps. Mes souvenirs n'étaient en gris que s'ils s'étaient forgés sur le récit d'une image ancienne de l'album familial ou d'une archive de l'Histoire. Mais la Vie, même la pire, était en couleur.

À l'aune de cette découverte, je trouvais la photographie de reportage en noir et blanc coupable d'effets, esthétisante et trompeuse, surjouant le drame. Je découvris les photographies de l'école danoise du photojournalisme, dont les tirages contrastés, au grain noir ténébreux, étaient tellement travaillés, tellement lourds, qu'ils étaient à mes yeux autant d'offenses à la réalité des tragédies qu'ils dépeignaient. Ces images me semblaient n'être faites que pour le plaisir et la gloire de ceux qui les réalisaient. Elles dépossédaient leurs sujets de leur force de vie. Comment ceux qui étaient photographiés pouvaient-ils dès lors *se reconnaître* dans une image les privant de leur souffle au profit de la satisfaction du photographe ? Je comprenais l'impossible de mes premières images réalisées en psychiatrie.

Dans le même temps, je découvris les cours de Kandinsky au Bauhaus. « Au bleu mystique et froid s'opposent le jaune chaud et agressif, le vert paisible, les différents silences des blancs et des noirs, la passion du rouge… » J'apprenais une approche sensible des rapports de couleurs et de formes. Leurs effets sur notre perception, nos sensations, nos sentiments, m'apparaissaient comme autant d'arguments de construction photographique. J'apprenais à jouer avec les impressions.

En France, puis en Chine, au Liban, ou encore au Burkina Faso, au fil de mes voyages, je photographiais les néons, le tungstène, le sodium et le ciel. Les températures de couleur pour palette, les scènes du quotidien pour sujets d'étude, j'expérimentais les tensions de l'agressivité du jaune, la passivité du bleu ou l'harmonie du vert. Je cherchais à produire des formes d'images qui impressionneraient la rétine de façon affective, qui permettraient de ressentir avant tout. Une perception esthétique de la photographie qui précéderait le sujet et permettrait un préalable empathique à l'abord du récit documentaire. Le regardant affecté par la vie comme une précaution nécessaire à la réception du sujet fragile, à son existence, à sa considération.

*

Dans le vert d'eau profond du corridor, il s'appuie à gauche sur la main courante en bois, le bras de son épouse en soutien à droite. Sa robe, à elle, semble avoir été formée dans la découpe d'une guirlande en papier. Ils marchent vers l'éclat de lumière blanche teintée de jaune orangé du bout du couloir de l'hôpital. Le contrejour ne dévoile de leurs silhouettes que la voûte asymétrique de son dos à lui et sa marche claudicante. D'elle, on devine la mise en plis passée et l'arc frêle des mollets. Ils marchent paisiblement vers la chaleur lumineuse et infinie. Ils marchent ensemble.

Les résidents de l'hôpital de Houdan allaient déménager dans un bâtiment fraîchement construit. Pour eux, tout pouvait s'effondrer. Certains n'avaient déjà plus de repères, d'autres risquaient de les perdre, les fils de leur mémoire s'effilochaient sous les lames intraitables des Moires. L'hôpital m'avait rattrapé et je resterais trois mois dans un service de gériatrie. Un à un, une à une, j'allais à la rencontre des résidents. Je passais mon temps à leur côté, à les photographier. L'hôpital souhaitait accompagner leurs souvenirs en offrant à chacun et chacune un portrait d'eux, une mémoire qu'ils pourraient déménager.

Je voulais m'affranchir du noir. Raymond Depardon ou Jean-Louis Courtinat avaient déjà travaillé sur les sujets de l'hôpital, chacun marquant son époque de ses images, chacun en noir et blanc. Je ne voulais pas faire les mêmes photographies. Face au grand âge, il me semblait important de rester sur le *seuil du vivant* et d'inscrire ces portraits dans le présent et la vie. À faire des images en noir dans de tels lieux, j'aurais eu l'impression de précipiter mes sujets dans le passé et la mort.

L'hôpital était blafard. Ses rayonnements de tubes fluorescents semblaient n'émettre que dans les gammes les plus glauques du spectre coloré. J'étudiais les courbes de sensitométrie des notices techniques des films argentiques couleur et plus particulièrement leur réponse colorimétrique dans les domaines du magenta et du vert. Je choisissais mes films pour leur chromie mais également pour la tessiture de leurs colorants, dont je pouvais jouer des bascules et des aberrations.

Je voulais entrer dans l'hôpital et travailler en couleur et en lumière naturelle les océans de lino beiges, orangés ou turquoise, les toiles de verre saumon, les murs et faux plafonds décatis, les néons incontrôlables, les cyans, les jaunes, les verts, les contre-jours et les lumières artificielles ; je voulais plonger, avec Kandinsky pour repère, dans les couleurs et la vie. Je voulais colorier doucement le fragile pour affecter mes images et leur sujet sensible.

*

La vie était bien là, dans mes photographies, et pourtant on ne l'entendait pas. Il manquait encore quelque chose à mes images. Pour la première fois, j'étais frappé par leur silence.

J'étais marqué par l'engagement des équipes soignantes à maintenir le lien social et humain avec leurs pensionnaires à l'approche de la mort. La douceur des mots prononcés, la fragilité de ces échanges, ces mémoires qui tentaient de se raccrocher à l'existence, les récits vivants de ces fins de vie douloureuses ; ces mots effleurés, ces paroles feutrées ou graves, ces rires teintés d'au revoir, je ne les entendais pas dans mes images.

Elles étaient si silencieuses, si vulnérables, qu'un jour une de ces photographies fut utilisée à mon insu pour illustrer « Le scandale des maisons de retraite ! ». Une enquête à charge et racoleuse du *Figaro Magazine*. Accompagnée d'une légende décontextualisée, mon image détournée, restée muette, racontait l'inverse de ce pourquoi je l'avais prise. La confiance instaurée, mon engagement solidaire de celui des soignants, l'image des plus vulnérables que j'avais tenté d'enrober pendant des mois : tout volait en éclats.

Sur le silence des images, il fallait donc apposer des mots. Faire entendre. Pour la première fois, j'envisageai le son.

Et je retournai à l'hôpital, avec une caméra.

Je filmai les paroles de cet attachement à la vie qui dépasse les corps meurtris par le temps et l'isolement. Je filmai les mots d'amour, le silence de la solitude, la tristesse du manque, la chaleur des gestes des soignants, la fureur de faire vivre. Jusqu'au bout, ne pas les laisser partir seuls.

Non je ne me souviens plus du nom du bal perdu,
ce dont je me souviens c'est de ces amoureux
qui ne regardaient rien autour d'eux.
Il y avait tant de lumière avec eux dans la rue,
alors la belle affaire, le nom du bal perdu.
Ce dont je me souviens c'est qu'on était heureux
les yeux au fond des yeux.
Et c'était bien…

Pendant un an, je tournai par mes propres moyens ce qui deviendrait le film *Ils venaient d'avoir 80 ans*. Pendant un an, je m'imprégnai de la nécessité humaine et du rôle social de l'hôpital. L'hôpital, dernier rempart de solidarité, dernier récipiendaire des maux d'une société malade, dernier à rattraper encore ceux qui trébuchent. Je m'apprêtais à ne plus quitter ce petit bal perdu.

*

Le carré vitré de la porte de la chambre d'isolement est dépoli par les coups et les griffures des patients enfermés. Dans la transparence diffuse, les joints du carrelage, au sol et au mur, strient l'image, partout. Par terre, une grille d'évacuation, un matelas et sa couverture bleue bordée du liséré jaune du drap de l'Assistance publique. Percées de lumière, les huisseries miteuses de la fenêtre du pavillon asilaire illuminent d'un blanc froid le corps prostré au sol d'une femme face au halo. Pyjama bleu clair, cheveux noirs blottis dans les bras. Les ombres bleutées terminent le monochrome glacé de l'enfermement psychiatrique.

Alizé, Peupliers, Morvan, Tournesols, Hirondelles ou Saintonge : le découpage sectoriel de la psychiatrie de Seine-Saint-Denis s'affiche comme des promesses légères sur les pavillons de l'hôpital de Ville-Évrard qui enfermèrent naguère Antonin Artaud. J'entre par l'office, une infirmière me salue du bout des lèvres. Il faut recommencer à montrer patte blanche, à expliquer pourquoi je suis là. Je n'en ai pas moi-même vraiment idée. Je vois là la force d'un sujet social, politique. Je lui dis comment j'espère être juste, en tout cas sincère, dans le regard que je porterai sur le travail des soignants et sur les patients. Je ne pense pas la convaincre. L'infirmière a été avertie de ma venue dans le service mais ma présence n'est pas vue d'un bon œil par certaines équipes. Elle ne me pose pas plus de questions. Elle sort son trousseau aux mille clés chères à la psychiatrie et m'ouvre la porte de la salle commune dans laquelle sont enfermés les patients. Elle referme aussitôt derrière moi, d'un tour de clé, sans autre forme d'accueil ni d'entremise.

Quelques chaises rembourrées de skaï dans la salle au mobilier presque vide, au mur une télévision suspendue crache les jeux télévisés de l'après-midi pour accompagnement. Je retrouve l'air lourd de l'odeur du carrelage imprégné de tabac froid, des sueurs renfermées, les joints crasseux, les bouches pâteuses et les regards écrasés de neuroleptiques.

Dans son pyjama bleu, il s'approche de moi. Tout près. Je sens sa chaleur et sa sueur, son buste courbé au-dessus de mon épaule, ses yeux dans les miens. Tout près. J'explique ma présence et lui demande s'il est d'accord pour que je sois là. Peut-être, plus tard, je ferai des images. Mon visage effleuré, son corps s'engage dans un insatiable flot de questions. Il veut tout savoir, ce que je suis, ce que je vois, ce que je vis, « pour pouvoir faire copier-coller ». *Faire copier-coller* ; comme ça, quand il sortira, il sera photographe. Il est inassouvissable, boulimique, il aspire chaque parole, les répète, et recommence à me questionner. Pour avoir quelques instants de répit, je dois négocier avec lui : aucune question pendant que je fume. Juste le temps de ma cigarette. Il reste collé à moi, tout près, ses yeux dans les miens, et tente de retenir ses questions. Instable. Juste le temps d'une cigarette.

Le téléviseur semble se contenter de son monologue sans écoute. Plus loin, un colosse assis, le regard absent, baigne ma présence dans la transparence. Le corps collé à la porte, une jeune fille anorexique en robe de chambre et chaussures à talons expansés ne comprend pas comment sa tentative de suicide a pu la conduire parmi ces hères, au milieu des hurlements d'un jeune adolescent autiste basculant son corps dans un va-et-vient hypnotique et violent au-dessus de la rampe de l'escalier. Un jeune retraité au bomber de parachutiste américain pose, la Gitane écrasée entre les dents, devant une fresque de *Rox et Rouky*. Sur les marches de l'escalier, une femme, le visage dans les mains, rit sans discontinuer. Devant la porte de la salle de soins, un planton fait déjà la queue pour des traitements qu'il n'aura que quelques heures plus tard. À l'étage, un homme enfermé dans sa chambre est effondré sur le carrelage parmi les meubles renversés. Dans les chambres d'isolement, ils tournent de rage tels des fauves, elles crient leur désespoir.

Pendant six mois, je passai mes journées enfermé dans le vide confiné de la santé mentale dégradée de secteur. Peu à peu, je trouvais ma place, ma distance, nous trouvions notre temps commun. Je partageais mes images avec les patients et les soignants et, avec leur autorisation, nous exposâmes une première fois ces photographies dans les espaces ouverts de l'hôpital.

Dans les maux de la psychiatrie résonnaient les précarités de la Seine-Saint-Denis. Alizé, Peupliers, Morvan, Tournesols, Hirondelles ou Saintonge comme autant de déversoirs des heurts d'une société écrasant les plus fragiles, récupérant les plus malheureux dans leur chute.

Je consacrai finalement six années à cet acharnement des soignants à tenir le rôle social de l'hôpital par-delà les réformes et les exigences de rentabilité du bien public. À tenir leur humanité dans la brutalité du monde. De la gériatrie à la psychiatrie, des services d'urgence aux hôpitaux de jour, à domicile… je photographiais les condamnés pour fragilité.

*

Françoise a dû déménager en province pour se rapprocher de sa mère. Paul est resté dans son ermitage, à

Montmartre. Dans son studio, la fenêtre est toujours ouverte. La cage à oiseaux en bambou toujours là, féconde au milieu des livres. Les moineaux du Japon continuent à se reproduire, génération après génération. Les graines submergent les rares coins de moquette encore visibles. Paul continue à ouvrir régulièrement la cage pour ne garder que quelques oiseaux… laissant les autres s'envoler. Quelle peut être l'espérance de vie d'un moineau du Japon à Paris ?

Françoise a peur que le plancher du studio ne s'effondre sous le poids des cartons, des livres et des journaux annotés que Paul achète, qu'il chine chez les bouquinistes ou qu'il ramasse dans la rue. Parfois son pas s'arrête lorsqu'il aperçoit, à travers les sacs transparents des poubelles publiques, un magazine qu'il récupère pour son titre, ou simplement un mot qui résonne d'entre les pages feuilletées. Paul confesse : « Je ne suis pas capable de passer devant une librairie d'occasion sans prendre quelque chose… »

Il y avait un certain anachronisme à voir mon père déambuler dans les méandres de l'immense boîte métallique bleue de Villiers-sur-Marne, entre les emballages bruns de Billy, Kallax, Oxberg, Ivar ou Kolbjörn.

Au prétexte de son anniversaire, je l'avais convaincu d'aller chez IKEA pour acheter des étagères, et dans la journée nous avons couvert les murs de son studio de bibliothèques afin qu'il vide ses cartons et puisse enfin circuler autour de son lit.

Tandis que j'assemblais les étagères aux noms imprononçables, je l'ai vu ouvrir une première boîte, commencer à lire, ou plutôt à relire, ce qu'elle contenait. Chaque objet, chaque annotation le transportait vers un nouveau récit. Il n'avait gardé parfois un livre que pour son titre, une vieille édition illustrée pour un mythe ou un nom qui consonnait avec un mot allemand ou grec qui lui permettrait de convoquer un saint, un passage biblique, la loucherie familiale ou un événement qui ferait le concept de sa semaine. Les bibliothèques étaient prêtes, mais il était hors de question de transférer simplement le contenu des cartons sans qu'il ne redécouvre, un à un, ses trésors.

Les semaines passaient, parfois je le questionnais sur l'avancement de ses rangements. Il riait de ses maigres progrès. D'autant qu'il remplissait les étagères de nouvelles trouvailles. Une première rangée de livres, puis une seconde cachant la première, jusqu'à saturation. Finalement, les piles de cartons sont restées intactes et les planches des bibliothèques ployaient sous le poids des nouveaux ouvrages ; le studio débordait plus encore.

Un jour il m'a annoncé qu'il ne pouvait plus décrocher son téléphone qu'en appuyant sur le bouton du haut-parleur. Une partie des nouvelles bibliothèques avait cédé sous le poids des livres. Le téléphone était resté coincé sous un chaos d'ouvrages et de planches d'étagères, son lit était en partie submergé.

Depuis, il ne veut plus qu'on vienne chez lui.

*

Un dimanche, mon père me rejoint à Ménilmontant, où j'habite désormais. Nous déjeunons dans le quartier, puis, comme d'habitude, il souhaite faire durer le moment, marcher un peu pour prendre l'air, rester ensemble, discuter encore et étirer le temps. Nous poursuivons notre promenade digestive jusqu'à la terrasse d'un café ensoleillé. C'est lui qui parle évidemment.

Dans le flot de ses paroles, il évoque ses difficultés à mâcher. Il m'apprend qu'il a encore perdu une dent. Sa longue barbe cache amplement ses lèvres tombant sans retenue devant les gencives et ses joues creusées par le vide. Lorsqu'il ouvre la bouche, je découvre qu'il n'a plus qu'une seule dent.

Paul n'a pas vu de médecin depuis plus de vingt-cinq ans. Il n'est jamais malade. Mais ses dents se déchaussent et aller voir un dentiste ne fait pas partie de ses préoccupations. Il n'a pas l'intention de soulager sa sentence.

Sans dents. Je regarde mon père et j'ai peur. J'ai peur de ce qu'il s'inflige. J'ai peur de ce pas de deux avec la rue qui rôde. Je suis le témoin de son retrait du monde, de sa lente chute, et je ne peux rien y faire.

Les discussions administratives n'avaient d'intérêt que dans la mesure où elles permettaient d'aborder une question symbolique ou d'identité. J'avais su que mon père s'était inscrit sur les listes électorales de la mairie du XVIIIe pour pouvoir voter aux élections européennes. L'Europe l'enthousiasmait et en être un ressortissant faisait l'objet de conversations exaltées. Voter en France constituait, pour lui, une première pierre de la construction de la citoyenneté européenne. Mais pour le reste il recevait toujours son courrier au Luxembourg, chez ses parents. Administrativement et socialement, il n'avait pas fait de démarches en France. Nous n'évoquions jamais le sujet de sa protection sociale. J'avais peur qu'il n'en ait aucune.

Paul était discret. Il téléphonait peu. Des semaines pouvaient passer sans que nous ne nous parlions. Il était beaucoup dehors, était peu chez lui. Sans portable, il était difficilement joignable. Je le regardais, sans dents, j'avais peur du mal qu'il s'infligeait. J'avais peur qu'il ne se laisse disparaître un jour, sans un mot. J'avais peur qu'il ne finisse dans la rue sans que je ne le sache. J'avais peur de sa provocation : « Je finirai sous les ponts. »

À vivre dans une ville où l'on est capable d'abandonner les plus démunis à la rue, sous nos fenêtres, si proches, là, dans la pluie et le vent, l'hiver comme l'été, insoutenables à la vue, des réflexes de protection s'installent à notre insu. On détourne le regard, on n'entend plus, on ne voit plus. On ne voit plus ces corps échoués, à nos pieds, sur le bord de nos chemins. Nos vies sont si mitoyennes de la faim, de la solitude, du froid, de l'isolement et de la peur. L'insupportable, là.

J'avais beau chercher, je ne rencontrais pas d'image qui m'apparaisse juste, d'image qui renverrait la réalité concrète de ces vies oubliées. Je ne rencontrais pas d'image qui permette de se figurer cette précarité absolue. Peut-être la refusais-je, l'image qui m'affecterait à la mesure de ma peur. Je travaillais sur la précarité depuis des années, mais le sujet de la rue m'était impossible. L'inquiétude pour Paul était trop grande. Elle me débordait.

Ce dimanche, il regarde mes larmes. Il m'écoute l'implorer de faire quelque chose pour ses dents, pour sa santé. De prendre soin de lui. Mais il reprend : « C'est à cause de la loucherie de Léon. Sans le Christ, je ne pourrais pas le supporter. » Je ne peux plus écouter, rongé par la tristesse et la colère, ses mots insensés sont inaudibles. *Finir sous les ponts.* Je n'entends que ça et ne peux me résoudre à n'y voir qu'une provocation. C'est une option. Mon père, un hère parmi les hères.

C'est seulement en me quittant qu'il me dit : « Tu sais, je paye une mutuelle au Luxembourg. »

Il n'est pour autant jamais allé voir de dentiste et vit toujours, depuis vingt ans, avec une seule malheureuse dent au fond de la bouche mais il n'est jamais malade. Il dit : « J'ai un ange gardien. »

*

Dans les neuf mètres carrés des urgences, le box déborde. Infirmières, médecins, aides-soignantes, brancardiers, ils sont presque une dizaine à faire corps. Les visages sont chauds, les regards graves. Le blanc des médecins, le bleu des infirmières s'affairent au-dessus du champ opératoire turquoise froissé par la douleur du jeune homme rouge sang. Au premier plan, le vert des épaules en amorce est légèrement flou des mouvements de l'engagement. Sur le brancard, un genou masque le visage du blessé. Dans l'espace confiné, personne ne prête attention à la présence du photographe.

Je passai des semaines, la nuit, aux urgences de l'Hôpital Nord de Marseille. Derrière les coups se cachaient les violences conjugales, sous les fractures les rixes, derrière les fièvres le mal-logement, sous la gangrène la rue. Les personnels hospitaliers, en sous-effectifs, étaient au bord de l'implosion ; l'angoisse et l'attente des patients, au bord de l'explosion. L'Hôpital Nord de Marseille était précurseur. Pour la première fois un service d'urgence voyait une antenne de police s'installer en son sein, tant la précarité sociale se faisait violence.

Ma génération héritait des mythes du photoreportage du XXe siècle. Je photographiais les précarités au plus près, de l'intérieur, comme l'avait ordonné Robert Capa. Avec mon Leica M6, je ne travaillais qu'au 28 mm. Le grand angle et la focale fixe m'obligeant à m'approcher. Je ne pouvais rien voler. Je devais engager la parole, passer du temps, obtenir la confiance des agents hospitaliers, me faire accepter parmi les malheureux pour faire entendre leur cri silencieux.

J'étais convaincu que plus j'étais près, plus mes images seraient justes. Elles n'étaient pas recadrées. Le liséré noir de Cartier-Bresson en gage de caution. J'avais appris à penser aux verticales pour les couvertures de magazine, à la pliure dans mes compositions pour garantir les doubles pages. Ma génération héritait des dogmes de l'objectivité. Nous pensions peut-être encore naïvement qu'une image pouvait tout dire à elle seule. Alors que nous changions de millénaire, je cochais toujours consciencieusement les cases du sincère photoreporter du XXe siècle.

J'étais photographe pour le journal *Libération*. Grâce au travail de notre collectif L'Œil Public, mes images étaient publiées dans la presse française comme à l'étranger. L'hôpital, le mal-logement, les cités, les prisons, l'école ; j'étais au plus près des fragiles, des exclus et de l'enfermement.

Mais ces images étaient, elles aussi, trop silencieuses. Trop souvent les mots qui les accompagnaient lors de leur publication dénaturaient leur sens et mon engagement. Mes nécessités intérieures, celles qui me poussaient à retourner sans cesse sur les rives du Styx, étaient trop profondes pour être détournées ou simplement utilisées en guise d'illustrations. Les images seules ne me suffisaient plus. Il manquait la parole de ceux que je photographiais. Il fallait la faire entendre. Pour ça, il fallait écrire.

*

À travers les barreaux de métal bleu, les draps jaunes qui couvrent le corps de l'enfant se confondent avec la crasse monotone du mur de l'orphelinat de Saint-Pétersbourg. Le visage du nourrisson enfermé est difforme, rosé, contracté par les cris. Ses yeux exorbités, sa bouche ouverte, son visage décharné, son hurlement sourd, tout transperce la photographie.

Sur le faux parquet de lino, les lits d'effroi bord à bord, je pénètre dans la salle de l'orphelinat où ces enfants sont laissés à la mort. Protégé par mon appareil photo, je ne parviens à rester que quelques secondes, déclenchant sans cesse pour tenir à distance l'inhumain et l'épouvante des corps hurlant des nourrissons.

La Russie refuse de soigner ses enfants nés de parents toxicomanes séropositifs. Devant ces bébés abandonnés à leur sort, l'infirmière se justifie : « Ce sont des enfants de criminels, de drogués. Ils se drogueront à leur tour et seront criminels, pourquoi voulez-vous qu'on les soigne ? »

Pendant des années, le photographe Gideon Mendel avait travaillé en noir et blanc sur le sida en Afrique. Il racontait qu'un jour un patron de journal était arrivé, furieux, dans les couloirs du service photo en brandissant son reportage publié : « Voilà le genre de sujet que je ne veux plus voir ! Nos lecteurs nous lisent en prenant leur petit déjeuner. Ils mangent des corn flakes, et nous, on les fait vomir ! »

En 2000, trente-cinq millions d'individus étaient séropositifs dans le monde. Très peu avaient accès aux traitements qui permettaient de survivre avec la maladie. En Russie, les toxicomanes n'avaient pas droit aux soins. Les brevets des laboratoires interdisaient la fabrication de génériques et l'Afrique n'avait pas les moyens. Une génération y était décimée.

Moi-même, je regardais avec perplexité ces images de mères éplorées portant dans leurs bras le corps décharné de leur enfant tué à petit feu par la maladie. Je passais les pages rapidement sans vouloir être atteint, peut-être las. Trente-cinq millions de malades, et pourtant ces images n'opéraient plus. Plus personne ne voulait les voir. Mais le décompte des morts, lui, continuait.

Il fallait trouver d'autres formes, d'autres photographies, qui dépasseraient les barrières de protection d'un public blasé par l'exposition quotidienne à l'horreur ; un public aveuglé par un confort qui ne voulait plus être atteint. Il fallait s'affranchir d'un photoreportage d'un autre âge.

Pour travailler sur le sida, je ne réalisai que des portraits frontaux. Le *décisif* n'était plus l'*instant*, c'était qu'ils soient beaux, ou en tout cas dignes. Qu'ils soient précédés par le préalable empathique des couleurs et la force de leur regard, qu'ils ne portent pas les stigmates de la maladie sur leur visage. Je voulais qu'aucune de mes images ne puisse servir d'illustration. Les portraits doux, avenants, face à l'objectif, serviraient non plus à dépeindre une situation mais à engager une rencontre avec le spectateur et permettre une attention aux maux retranscrits de ceux qui n'avaient pas la parole.

Pour les faire entendre, j'ajoutai les récits constitués de leurs témoignages dans le corps même de mes photographies. Ainsi, mes images serviraient les mots de ceux que j'avais rencontrés. Je voulais faire résonner leurs paroles au-delà du cadre. Faire chambre d'écho à ces cris que mes images seules n'auraient pu révéler. J'exigeai des journaux que ces corpus de textes soient publiés avec mes photographies, sans quoi je refusais les publications. Pour la première fois, j'étais maître du discours de mes images.

*

La sage-femme lève l'enfant naissant sous la lampe scialytique de la salle d'accouchement. La seule source lumineuse épargnée par une panne d'électricité impromptue et miraculeuse plonge la scène dans un clair-obscur irréel, presque hollandais. La sage-femme, en charlotte et blouse d'un blanc immaculé, enrobe l'enfant. Le corps de la mère au premier plan, flou et en contre-jour, ne laisse deviner qu'avec pudeur, derrière le plissé de son vêtement stérile, ses jambes ouvertes en V offrant le bébé à la vie dans des teintes d'orangés flamboyants renforcés par le vert contrastant du champ chirurgical.

« L'accouchement » était la première image de l'exposition *Silence* que j'installai à la Maison des Métallos en 2004. Je voulais que mes images et leurs mots aient le plus d'écho possible. Ces enquêtes et les années de cet engagement parfois lourd, ces intimités confiées, n'auraient pas de sens si je ne mettais pas autant d'énergie à les faire voir qu'à les recueillir. Je voulais qu'elles « servent à quelque chose ».

Pendant deux ans, je m'étais attelé à lever des fonds pour produire un objet militant, un événement qui permettrait d'organiser des rencontres avec différents acteurs de santé, autour de ces six années de photographie sur la question sociale de l'hôpital et les inégalités dans l'accès aux soins.

La Maison des Métallos portait en ses murs l'histoire des combats syndicaux et les premiers enseignements de l'accouchement sans douleur. Au milieu des images, chaque semaine, des conférences et prises de parole d'associations rythmaient l'événement. Chaque jour, des classes entières visitaient l'exposition gratuitement.

J'étais tellement fier de voir le nom de mon père écrit en grand sur les kakemonos de la façade du bâtiment et dans les journaux. C'était reconnaître Bollendorff. J'avais l'impression de réhabiliter le nom de Paul.

Je lisais aussi la fierté de mon grand-père dans ses yeux et dans ses mots. Léon et Margot, venus du Luxembourg pour le vernissage, étaient repartis avec l'affiche de l'exposition, l'image d'un cadavre à la morgue, qu'ils scotcheraient sur la porte du salon de l'avenue de la Faïencerie. Elle y restera jusqu'à la fin de leur vie.

*

Il fallait tourner une page de six années pendant lesquelles j'avais plongé corps et âme au plus près de la précarité. J'avais besoin de reprendre mon souffle pour me remettre de cet engagement éperdu. Groggy, je m'interrogeais. Pourquoi avais-je passé tant de temps à travailler sur des sujets si fragiles ? Pourquoi avais-je consacré ces années à me fondre dans ces enfermements ? Mais aussi pourquoi, parmi tous les maux déversés à l'hôpital, parmi tous les maux de la précarité, avais-je commencé cette exposition par une image de naissance ? Pourquoi l'avais-je appelée *Silence* ? Pourquoi étais-je parfois traversé de tristesse ?

À la faveur de l'été, pour la première fois, je réfrénai ma boulimie inquiète de travail. J'apprenais à prendre du temps. Je mesurais combien la nécessité que j'avais eue de m'engager dans la lourdeur et l'obscurité m'avait coûté psychiquement. Je cherchais, je lisais, je discutais, je me nourrissais de tout ce qui pourrait me faire sortir de ma torpeur. Un dimanche, je fis part à mon père de mon état, et de mes interrogations profondes.

*

Nous quittons la ville de Luxembourg vers le Sud sidérurgique et les Ardennes françaises, je conduis, comme d'habitude Paul parle. Je le questionne au sujet d'Alice, sa première femme.

« Tu m'as dit que vous vous étiez mariés, avec Alice. Pourquoi vous êtes-vous séparés ? »

Nous venons de passer la frontière, la Ford Fiesta roule et, avec ma question, le silence s'installe dans l'habitacle.

« Nous étions trop jeunes pour nous marier.

– Ah bon ? Mais pourquoi vous étiez-vous mariés alors ? »

Un ange passe. Paul soupire. Puis il se décide à répondre :

« Parce que Alice était enceinte. »

Sa réponse tonne, grave à faire vibrer ma chair au plus profond. Je cherche un souffle pour poser la question d'après :

« Mais… vous avez eu un enfant ? »

Sur la route qui nous ramène vers Paris, l'atmosphère intérieure de la voiture s'est alourdie. Le regard de Paul s'est perdu dans les paysages défilants de Lorraine. Je suis suspendu à sa respiration.

La moue embarrassée, il reprend, évasif :

« On était trop jeunes pour tout ça. On n'était pas prêts. »

Les silences s'étirent. Et je ne comprends pas ce que mon père essaye de me dire.

Il ajoute alors :

« On a décidé de ne pas le garder. »

Dans ma tête, des images s'entrechoquent. Je vois Alice, cette femme blonde aux cheveux mi-longs du RER, en plus jeune, le Luxembourg d'une autre époque, mais pas si différent, des images que je m'attelle à replacer sur la frise du temps familial. Curieusement, elles ne sont pas en noir et blanc. Cette chronologie, je la connais peu. Mes parents se sont rencontrés au tout début des années 70. Paul a dû rencontrer Alice dans les années 60. L'avortement était encore illégal.

« Mais… Alice a avorté ?

– Oui.

– Mais c'était interdit. Comment avez-vous fait ? »

Paul élude :

« Le frère d'Alice avait un ami interne en médecine… »

Un temps passe, puis, décidé, il reprend :

« Ben oui ! C'est pour ça que nous nous sommes mariés.

– Mais si vous vous êtes mariés pour ça, cela a dû prendre du temps… Vous avez pris cette décision après le mariage ? »

Je sens bien l'inquiétude de mon père à me répondre mais j'insiste :

« Vous avez dû décider d'avorter très tard. »

Le fil se tire, son ton s'embarrasse. Chacun de ses mots semble péniblement, un à un, se libérer des replis de sa chair. Le coffre étouffé, ses réponses s'expirent dans des soupirs mal assurés :

« Oui…

– Mais tard comment ?

– Tard ! »

Ça n'est pas suffisant, j'ai besoin de savoir. Je le presse de plus en plus de questions.

« Mais après combien de semaines ? Combien de mois ? »

Dans ma tête, un corps. Je ne peux m'empêcher de chercher à me le figurer.

« Tu l'as vu ?

– Oui. C'était un garçon. »

Ses mots pressent en moi du poids d'une existence. Mon père a attendu quelqu'un d'autre avant moi.

Les images s'entrechoquent. La clandestinité de ce moment, la peur, leur solitude, l'interdit. Si tard. Que pouvaient faire deux jeunes gens dans un tel moment, dans les années 60 ?

« Mais qu'est devenu ce fœtus, ce corps ?

– On l'a enterré dans une dune, près de Lacanau. Dans un linceul blanc. »

Lacanau est si loin. Nous passons Verdun. Le temps serre la gorge de son secret de quarante ans. L'abyssale profondeur me transperce. L'imaginaire à plein régime, le fantasme pour carburant. Je me figure les moments, ses gestes. Des questions à couper le souffle. Comment a-t-il transporté à l'autre bout de la France ce qui était suffisamment un corps pour qu'ils décident de l'enterrer ? Était-ce un enterrement ? Quelle existence a-t-il eue pour eux ? Doit-on parler de lui comme d'une personne ? Est-ce que le voir a fait de Paul un père ?

Léon et Margot auraient été grands-parents pour la première fois. Je lui demande s'ils savaient. Et Paul, d'un coup, est pris de colère :

« Oui, bien sûr ! Ils ont organisé le mariage ! Léon est même venu à Paris au moment du terme. Il venait sûrement constater qu'il n'y avait pas de bébé. Mais nous n'en avons jamais parlé.

– Depuis tout ce temps ?

– Oui.

– Tu n'en as jamais parlé ?

– Non.

– À personne ? »

Les kilomètres défilent. Avec eux, les années de solitude et de secret de Paul. Il soupire une dernière fois :

« Non. À personne. »

Léon, Margot, Georges, ils savaient tous. Ils ont laissé Paul enfermé dans le silence, sans jamais lui dire un mot de ce projet d'enfant qu'il avait perdu. Disparu.

Ce jour d'août, après s'être condamné au secret pendant près de quarante ans, mon père me parle pour la première fois. Quarante ans après avoir été insolée, la latence de cette image de la disparition se révèle enfin. L'habitacle happé par le vide et la disparition, nous terminons le voyage dans le lourd du silence.

*

La rue Lamarck est déserte, je retire la clé du contact. Le moteur de la Ford Fiesta arrêté, je me tourne enfin vers mon père. Je croise ses yeux bleu-gris transpercés. Ses yeux inquiets de ce qu'il vient de me livrer. Je lis sa peur du regard que je pourrais porter sur lui dorénavant. Ses yeux bleu-gris. Mouillés de larmes.

« Il s'appelait Boris. »

III

Une béance dans l'album de Margot. Un effacement. Telles des pages arrachées. Il y avait forcément eu des images de ce couple, de ce mariage. Que devais-je me figurer ? Fallait-il balayer l'événement d'un revers de main comme un simple revers du temps ? Était-ce « seulement » un avortement, comme il y en avait eu tant dans les années 60, avec son lot de traumatisme illégal et de disgrâce familiale ? Cet horizon de paternité qui s'était abîmé dans les dunes de Lacanau, qu'en restait-il ? Que restait-il de leur espérance ? Était-ce un frère que je n'avais pas eu ? C'était évidemment l'histoire de mon père ; en quoi devenait-elle la mienne ? Quelle en était ma part ? Que devais-je faire de ce *mauvais mort* ?

Avec la porte qui s'était ouverte sur le tumulte de mon père vinrent les vents de gros temps, la cohorte de sidérations, l'appel du vide, les angoisses de mort. Les semaines passaient dans la latence, je m'enfonçais dans la noirceur. *Boris*, ce nom sans sépulture, fallait-il simplement le nommer ? Où était-il ? Où devais-je le placer dans la cosmogonie familiale d'un coup aspirée par le déséquilibre de la disparition ? Cet effacement expliquait-il le fait que Paul ait perdu pied pendant la grossesse de ma mère ? Je m'abîmais. Parfois je pleurais sans comprendre.

Dans la vacuité de ces mois, je ne savais plus photographier. Après six ans de *Silence*, j'étais face à une vie de silence. Je n'avais plus de sujet. J'errais. Pesanteur du néant.

*

J'étais incapable de chercher un sens personnel à donner à mes images. Las, je me laissais porter par l'actualité, espérant y trouver une forme de répit. Yasser Arafat venait de mourir à Clamart près de Paris. Immédiatement je m'envolai pour Tel Aviv.

Son corps mit du temps à arriver en Palestine. L'attente allait durer des jours. Dans les vieux taxis Mercedes à six portières, je rencontrai Noël, je retrouvai Karim, croisé en Albanie, et Michaël, compagnon de notre collectif L'Œil Public ; tous photographes bien plus habitués à la photographie de *news* que moi. Ensemble nous formions une bande.

Yasser Arafat devait patienter dans les limbes le temps qu'Israël, l'Égypte et la France négocient le lieu de ses funérailles. L'attente à flux tendu. De Khan Yunis à Ramallah, entre la bande de Gaza et la Cisjordanie, chaque jour nous spéculions sur le lieu de l'enterrement, espérant être enfermés au bon endroit lorsque Israël bouclerait les territoires occupés.

Pour tuer le temps et détendre nos passages aux checkpoints, nous sniffions du hagigat, une drogue à base de khat aux effets amphétaminiques, en vente libre à cette époque en Israël.

J'avais toujours été hanté par la peur de « ne pas redescendre ». Comme mon père avec le LSD. Je n'avais, pour cette raison, jamais consommé de drogue de synthèse. Mais, désormais, la chimie n'était plus l'explication de la condamnation de Paul à son retrait du monde. Libéré au moins de cette inquiétude, je trouvai avec ma horde de témoins des fracas de la planète une façon de lâcher prise. Je passai la semaine à me défoncer.

*

La foule des fidèles enflait. Des milliers d'hommes survoltés cherchaient à rejoindre l'esplanade fermée de la Mouqata'a de Ramallah. Rien ne pouvait stopper leur ferveur, ni murs ni grillages. Partout autour, sur les toits des immeubles, sur les bâtiments en construction, chaque ruine, chaque fenêtre, chaque promontoire fourmillait, pas un centimètre de muret n'était laissé libre, pas un rebord, pas une pierre ; certains se retenaient aux fers à béton au-dessus du vide. Cent mille Palestiniens suspendus, et avec eux le peuple tout entier, scandaient le nom de guerre d'Arafat. Dans le chaos surgissaient les youyous hurlés des pleureuses.

Pendant plusieurs heures je cherchai un passage dans la lourde nuée. Escaladant à mon tour les grillages et les murs d'enceinte pour découvrir enfin l'immense cour de la Mouqata'a saturée. Sur la terre dépouillée de l'esplanade foulée par la masse compacte, un seul arbre, à quelques mètres de la tombe. Happé par le grondement et la ferveur incontrôlable, je n'imaginais pas réussir à m'approcher plus. La tension montait à mesure que la foule pressait, et le corps n'était toujours pas là. Je me figurais que ce promontoire sur la marée humaine me permettrait de m'extraire et d'avoir un point de vue surplombant la scène. Je me faufilai donc jusqu'à l'arbre et trouvai une aide pour me hisser sur une des branches les plus hautes. La tombe était proche, je pensais mon belvédère idéal.

Nous attendîmes encore plusieurs heures la dépouille de Yasser Arafat.

Le grondement s'apaise, comme lorsque la mer s'est retirée avant un tsunami et que les oiseaux sidérés s'inquiètent de la puissance des éléments. Dans le ciel suspendu, le bourdonnement des pales des hélicoptères égyptiens, fouettant le silence du lointain, se fait progressivement entendre. La rumeur des rotors grandissant, les cris reprennent et redoublent d'exaltation. À l'autre bout de l'esplanade, dans le nuage de sable et de poussière des hélices, les vaisseaux descendent lentement, cherchant à se frayer leur place au milieu du tapis humain.

Les pales enfin immobilisées, le bruit des moteurs étouffé par la clameur du peuple, la marée humaine gronde et déferle sur les hélicoptères ; les quelques militaires de l'Autorité palestinienne, débordés, laissent la foule s'approprier le cercueil.

Porté par son peuple, Yasser Arafat flotte de main en main, pendant de longues minutes, au son des kalachnikovs pétaradantes et des « *Abou Ammar ! Abou Ammar !* » hurlés par cent mille poitrines ; le corps du père de la résistance palestinienne rejoint finalement sa tombe à quelques mètres de mon arbre.

Traversé par le souffle du plus grand, du plus fort des enterrements que j'ai pu voir, je suis suspendu à la ferveur du peuple honorant son disparu. Loin des hélicoptères, mon perchoir n'est finalement pas au cœur de l'événement : la tombe est proche, mais au travers du 28 mm de mon Leica je suis encore trop loin. Je ne suis pas au bon endroit, mais je ne cherche pas à bouger pour trouver la bonne distance. Médusé, je reste toute l'après-midi accroché à ma branche à contempler ce tableau digne d'une fresque biblique.

Le soir, je constatai que mes images n'étaient pas très bonnes. Je n'étais effectivement pas assez proche ! Peut-être étais-je trop dedans. Ou peut-être étais-je ailleurs. Être là est tout un art. J'avais l'habitude du temps long. Il m'aurait fallu plus de recul. Je regardais mes images sans réussite et pourtant, étrangement, je n'étais pas déçu.

Au petit matin du shabbat, je quittai le chaos endormi de Ramallah. Les premières lueurs teintaient de rosé la terre trois fois sainte de Jérusalem, le son du haut-parleur grésillait, le chant du muezzin craquelait l'aurore et Tel Aviv n'était pas encore couchée. Je longeai la mer Méditerranée vers l'aéroport. À la sortie des boîtes de nuit, les jeunes Israéliens achetaient à l'arrière de pick-up des ballons gonflables remplis de protoxyde d'azote, pour se défoncer au gaz. Peut-être étais-je simplement venu assister à des funérailles.

*

Chaque année, le 1er mai, à l'improviste, Paul m'apportait un brin de muguet ; un passage furtif pour déposer sa délicate attention et il s'éclipsait pour ne pas me déranger. Je sentais mon père fier de moi, inquiet parfois lorsque j'étais en reportage. Attendant de mes nouvelles. Il n'en disait rien mais Françoise me rapportait combien il était soulagé quand j'appelais de loin ou à mon retour. J'étais enrobé par les signes de son inquiétude discrète. Cela suffisait à me soutenir dans mon engagement en photographie.

Paul parlait beaucoup mais il n'était pas très expansif. Il avait toujours été discret. Il n'était pas intrusif, si bien que, si je ne l'appelais pas, il pouvait rester plusieurs semaines sans m'entendre. Et lorsqu'il décrochait son téléphone j'entendais sa respiration soulagée quand il prononçait mon prénom : « Samuel ». Même lointains, nous étions proches. J'étais assuré de son amour de père.

De retour à Paris, je retrouvais avec plaisir nos promenades complices dans les rues de Montmartre. J'avais la chance de vivre avec cette assurance des enfants qui n'ont pas eu à douter de l'amour de leurs parents. Nous nous étions manqués dans mon enfance, mais nous nous rattrapions.

Ce jour-là, à la manière d'un enfant livrant son secret, intimidé, au moment de lui dire au revoir, je mets mon père dans la confidence et lui dis pour la première fois que je l'aime.

*

Après le déjeuner, nous nous enfonçons plus loin encore dans les rues de Paris et nous reprenons notre conversation. Pourquoi a-t-il enfoui son secret si profondément ? Pourquoi a-t-il fallu que je fasse *Silence* pour qu'il imagine enfin important de me dire son histoire ? Paul répond à mes questions et j'ai besoin d'en savoir plus, j'ai besoin de trouver quoi faire de son récit. Je reviens à cet « ami interne en médecine » qui a pratiqué l'avortement.

Paul évoque sa « condamnation » et « le Christ », son « salut » au regard de ce qu'il appelle son « crime ». Son récit m'apparaît si loin de réponses que j'espère concrètes. Je me demande pourquoi je m'obstine à creuser, à remuer ce tumulte, à lui réclamer ces précisions. Pourquoi vouloir des détails ? Il me dit finalement dans un soupir : « L'interne, c'était moi. »

*

Dans les albums familiaux, comme dans la presse, les images seules ne me suffisaient plus. Le silence de la photographie en faisait un objet trop vulnérable. Je continuais à chercher le moyen de faire dire aux images les maux de ceux qu'elles représentaient et de garantir leur discours.

Les « nouilles » d'immeubles serpentent dans l'immensité des pelouses. Les barres de HLM en spaghetti n'excèdent pas quatre étages mais ici, derrière les accro-dalles dégoulinantes d'humidité et les milliers de fenêtres répétées, vivent trente mille personnes. Au rez-de-chaussée, les volets restent fermés. Les chemins boueux de l'hiver donnent aux espaces verts des airs de terrains vagues, les jeux pour enfants décatis sont bombés de graphes, le terrain de basket a brûlé. Sur les carreaux de céramique tramés de l'image vidéo de l'entrée d'une cage d'escalier, un tag bleu sur fond bleu : *Les bleus au four sales chiens.*

« Vous connaissez la Grande Borne ? Ça mérite d'être visité ! C'est le moule de la vie, c'est la préfiguration du futur, c'est le conditionnement total du monde. C'est la cité de l'enfant. Et, comme disait Freud, l'enfant est le père de l'Homme. » C'est ainsi qu'Émile Aillaud évoquait en 1972 son utopie architecturale construite pour mettre fin aux bidonvilles. Une réponse « humanisée et poétique » au problème du logement social de masse.

Trente ans plus tard, la campagne électorale pour l'élection présidentielle s'était menée sur le thème de la sécurité, jouant avec le feu des discours sur l'immigration. Les images de jeunes à capuche, l'échec des utopies architecturales des cités dégradées pour décor, illustraient l'insécurité. Ces images utilisées sans pensée avaient directement conduit Jean-Marie Le Pen au second tour de l'élection. Le 21 avril 2002.

Après cette date, la moindre de ces images m'est apparue chargée d'une sémantique nouvelle. Quelle que soit la sincérité de leur auteur, elles étaient comme estampillées du label de l'Insécurité. Ils n'étaient plus jeunes, ils n'étaient plus français, ils n'étaient plus l'avenir d'un pays, oubliés, *la cité de l'enfant* et *le père de l'Homme*, ils étaient le phantasme de la violence, des zones de non-droit et de peur.

Le 21 avril 2002, je travaillais depuis quelques années déjà pour le journal *Libération*. Quotidiennement, je photographiais les précarités, partout en France, souvent dans les périphéries. Je voyais les plus fragiles se casser contre l'école, échouer à l'hôpital, enfermés dans les commissariats, abandonnés en prison. Je prenais le temps là où parfois des caméras de télévision filmaient par la vitre d'une voiture sans même s'arrêter, le commentaire en voix off incendiaire.

Mes images étaient accessibles sur le site internet de notre collectif, L'Œil Public. Nous avions pensé un accès à nos archives en ligne très strict afin de garantir au maximum le bon usage de nos images par les iconographes. Nous étions portés par une éthique commune et nous savions combien une photographie peut être fragile. Mais, le 22 avril 2002, je bloquais toutes les images que j'avais pu réaliser en banlieue et interdisais leur publication. Elles ne faisaient plus que mal dire.

« Vous êtes des vrais journalistes ? Alors on ne peut pas avoir confiance en vous. Peut-être que vous n'êtes pas des menteurs mais vous tournez la vérité à votre sauce pour vendre. »

En 2005, la rupture entre les médias et les cités était consommée. Le nauséabond ministre de l'Intérieur Nicolas Sarkozy jouait toujours plus au pyromane post-colonial ; il voulait « nettoyer les banlieues au Kärcher, les débarrasser de la racaille ». Et je me demandais comment faire dire autre chose à ces images. Comment faire porter la voix de ceux qu'elles incarnaient. Je ne voulais plus de leur silence. Je ne voulais plus entendre de commentaires en voix off. Je voulais qu'elles disent ce que ces enfants de la France hurlaient.

Avec Jacky, journaliste à *Libération*, nous avons passé l'année 2005 à la Grande Borne, à Grigny. Pendant un an nous avons proposé aux habitants de prendre la parole au fil de la chronique « Cité dans le texte » que nous publiions dans le journal. Les images étaient vulnérables, il fallait les protéger de tout détournement. J'ai préféré ne pas réaliser de photographies, uniquement des entretiens filmés dont je tirais des captures d'écran accompagnées de la stricte retranscription des paroles des habitants publiées sur le papier. Sur le site internet du quotidien, l'intégralité des vidéos était diffusée, en garantie du juste traitement de leurs mots.

« Les faits sont là. Depuis l'après-guerre, on a stocké des gens dans des cités-dortoirs. On les a enfermés dans des grands immeubles, on leur a mis une épicerie à côté.

Surtout qu'ils ne sortent pas trop de chez eux. Et après, on s'étonne que ça parte en couilles un peu partout. Qu'après que la première génération n'a pas trouvé de job, ça commence à être chaud pour la deuxième génération dès l'école. […] Les riches sont condamnés à s'enrichir. Les pauvres, s'ils suivent les règles du jeu, sont condamnés à être dans la merde. »

Une réponse « humanisée et poétique » au problème du logement social de masse, disait-il.

La soif de vivre, l'enfance, l'ancrage ici, la famille et les origines en héritage, l'amour, mais aussi la rancœur face aux paroles de relégation, à la discrimination, la violence policière ou politique : même leur identité française n'avait pas droit de cité. À coups de joute verbale, nous tentions de faire dire autre chose à ces images. Nous entendions une parole limpide et désabusée.

Une parole récoltée à froid qui se révélerait finalement dans la violence des émeutes enflammant les banlieues françaises à la fin de cette année 2005. La chronique de ces maux devint alors un film que je montai pendant l'été 2006.

Un matin, en arrivant dans la salle de montage, je reçus un appel du Luxembourg.

*

« Tiens, voilà, c'est Margot ! » Dans le salon sans lumière, Marc ne prend pas le temps de dire bonjour. Sur la table, il montre une feuille de papier A4 encore humide et gondolée par les solvants de l'imprimante à jet d'encre. Il n'y a pas d'autre mot. Que ses gestes maladroits empreints de colère et de désolation et l'image qu'il me tend.

Sur la feuille imbibée d'encre, à bords perdus, fragile, le visage terne légèrement tourné sur le côté, la bouche crispée, les traits tirés, ses yeux bleu-gris refermés à jamais ; le buste de Margot est allongé, encadré par les biseaux du cercueil.

Margot est morte.

Lorsque mon père m'a appelé, j'ai immédiatement pris la voiture. J'ai roulé sans m'arrêter vers le Luxembourg. Mais quelques heures à peine après sa mort, elle n'est déjà plus dans son lit. Les pompes funèbres sont passées. Le cercueil, refermé sans attendre, a été descendu par l'escalier de carrelage beige. Le corps raflé a été transporté à la morgue. Il ne reste de la maison soufflée par le vide que l'image encore humide du cadavre que Marc me tend.

Les salons mortuaires se succédaient dans un couloir ; chacun sa chambre, sans fenêtre. Dans la pénombre de la pièce, un fauteuil faussement chic en similicuir Boltaflex face à la grande vitre réfrigérée au travers de laquelle on apercevait la bière fermée, recouverte de fleurs, éclairée par un néon sans âme. Là encore, un écran empêchait d'accéder à la dépouille et de se recueillir une dernière fois devant le corps. Circulez, y a rien à voir !

Dans l'obscurité du salon mortuaire, j'étais étouffé par l'hypocrisie catholique luxembourgeoise cachant la mort des regards. Margot était contrainte à la disparition. Pas de veillée, pas de levée de corps. Pas de dernière image à fleur de la vie.

Dans la précipitation, Marc avait pris une dernière photographie de sa mère. Il l'avait ensuite imprimée dans l'urgence pour moi, pour nous, pour pallier cet enlèvement, pour que nous puissions la voir une ultime fois. J'étais effondré de n'avoir pu dire au revoir à son corps, de n'avoir pu parcourir son visage, sentir sa présence, même éteinte. Une dernière fois.

La rage d'avoir à regarder cette feuille A4 imprimée se mêlait à ma tristesse. Cette image de Margot morte était là, *indiscutable*, et pourtant impossible. Elle occultait tout l'espace de la mémoire, elle bouffait le souvenir.

Se figurer les disparus, c'est les garder de l'ombre, du néant et du noir. C'est révéler l'immensité impalpable des images, des sons, des odeurs qui, tels des sels d'argent, matérialisent la mémoire, empreinte de vie, vibrante des battements de l'imaginaire. Cette image de Margot morte, c'était le néant.

Une image de la mort qui ne résolvait pas la disparition. Au contraire. Si la photographie immortalise les vivants, elle immortalisait là la mort et figeait ce corps fragile, encore sans sépulture, dans les limbes. Un *ça a été* barthésien dont la course infinie du recommencement se serait arrêtée. Abîmée là. Condamné au présent, définitif et brutal. Cette photographie numérique aux encres encore fraîches n'était qu'une image sans latence, sans le filtre du temps, sans la rémanence mystérieuse de la lumière. Une image sans imaginaire.

Je ne pense pas qu'il serait venu à l'idée de Marc de faire une image du cadavre de sa mère avec un appareil photo argentique. Il y avait bien sûr la violence du sujet photographique, mais il y avait aussi un mouvement réflexe. L'instantanéité de la prise de vue et de l'impression numérique permettait une nouvelle forme de production compulsive d'images. Des images-documents, un certificat de décès, impossibles à inscrire dans l'album familial consacré au récit des vivants. L'album de Margot avait traversé le XXe siècle avec elle, il lui manquait l'avènement du numérique. Marc venait d'en produire l'image finale.

*

Paul retourne à la messe, il peste contre les baffles et les néons qui font leur entrée en masse dans les églises. Quelque part dans le Ve arrondissement, il a trouvé un des rares lieux de culte parisiens qui ne soient pas électrisés. Ni tubes fluo ni micro. En voisin monastique, il chante toujours avec les sœurs du Sacré-Cœur de Jésus. Il vit toujours au milieu des livres et des moineaux du Japon, sans chauffage ni lumière. Les graines des oiseaux ont attiré les pigeons, qui ont niché dans les décombres de la bibliothèque. Ses livres ont commencé à se couvrir de fiente. Il a dû fermer la fenêtre.

*

Michel, le regard durci par le contraste de l'image, a le sourcil noir, épais comme un trait de fusain, le menton saillant, les joues creusées par la lumière de la lampe à gaz posée sur la cantine de métal. La virgule de son golf droit se dessine dans la pénombre ; ses cheveux, rabattus vers l'arrière, semblent avoir été lissés un à un au peigne. Les manches de sa chemise à rayures retroussées, les lunettes suspendues au cou, il est assis sur un lit de camp, son corps illuminé tourne le dos à son ombre immense projetée sur le mur arrondi de la case burkinabé. Un fil électrique parcourt bien le plafond pelé pour rejoindre un vieil interrupteur, mais il n'y a pas d'électricité. Dans la pièce dépouillée, une simple moustiquaire enroulée se dessine, accrochée sous une persienne métallique.

La photographie est en noir et blanc, encadrée d'un liséré noir, elle date de notre voyage au Burkina Faso, mais elle est vivace, brûlante de mémoire. Je l'avais tirée dans mon studio transformé en laboratoire. C'est la dernière image que j'ai faite de Michel. La seule qu'il me reste aujourd'hui.

Dans la chaleur de l'été qui tire sur septembre, le XVIe arrondissement semble désert, je marche sur le trottoir, les platanes de la rue Chardon-Lagache ne suffisent plus à rafraîchir le bitume. Je repense à l'incroyable douceur de l'infirmière du service de soins palliatifs de l'hôpital Paul-Brousse que j'ai enregistrée quelques mois plus tôt pendant un soin. « On va vous tourner, monsieur B. On va vous laver le dos. Je bouge un petit peu vos jambes, monsieur B. Voilà. Excusez-nous, monsieur B. On descend le lit. Je vais vous tirer de mon côté. Ce côté, monsieur B., le côté gauche. On enlève votre coussin, monsieur B. Monsieur B., je vous prends dans mes bras. Un, deux et trois ! Voilà. Excusez-moi, monsieur B., je vous ai fait faire du sport là, hein... Excusez-moi. Je vous nettoie le dos, monsieur B. C'est pas terrible ce qu'on fait là, monsieur B. ? Je vous sèche. Je vais vous mettre un petit peu de crème. Je vous masse. Monsieur B., j'aspire un peu dans votre bouche. J'ai presque fini, monsieur B. Monsieur B., c'est la journée aujourd'hui, hein ! Je retire les pansements de l'oreille, monsieur B. Voilà. Monsieur B., je vous ai trouvé un T-shirt, comme il fait chaud ça va être plus confortable. En plus c'est Sergio Tacchini, comme vous aimez le sport on pouvait pas trouver mieux ! J'espère que ça vous plaît. J'ai pris le plus sobre possible. Il y en avait avec des fleurs aussi mais je me suis dit que ça vous plairait pas. J'ai peut-être eu tort. On sait pas. Mais je vois que vous avez une chemise bleue sur la photo de votre mariage donc je me suis dit que vous aimiez les choses assez sobres. Je vais vous prendre la tête. Voilà. Je prends votre main. Voilà. Je tire sur le T-shirt dans le dos pour que ça ne fasse pas de plis. Voilà. Bon ben c'est pas mal, hein ! C'est mieux que la chemise de l'hôpital. »

Monsieur B. ne répond pas. Il est dans le coma.

Les rues du XVIe arrondissement sont désertes, j'entre dans le service de soins palliatifs. Cette fois, c'est l'hôpital Sainte-Périne. Les métastases du cancer de Michel ont définitivement pris le dessus. Dans sa chambre, où il repose sans connaissance, un sac-poubelle noir, posé sur le fauteuil, contient pêle-mêle ses effets personnels et son linge souillé. Il vient d'être transféré de sa maison de repos. Dans la pénombre de la chambre aux volets fermés, il n'y a ni air ni lumière. C'est irrespirable.

Au printemps, son angoisse de la fin était si grande qu'il n'a pas pu prononcer un mot pour évoquer les résultats de ses analyses médicales. Hochant la tête, retenant son souffle d'un air entendu, il a croisé mon regard et il a juste dit : « Je suis bon. »

Dans la pénombre de la chambre, le temps étouffé par l'odeur, Michel semble avoir été déposé là à la va-vite. Je ressors dans les couloirs à la recherche d'explications. Une infirmière m'invite à la suivre dans une pièce où nous rejoignent deux autres personnes, un médecin et une aide-soignante. Ils ne savent encore rien de Michel, il vient d'arriver dans le service. Ils me demandent qui je suis, ils me demandent qui il est.

Nous ne l'avons jamais appelé *beau-père*, si bien qu'un jour, à ces mots, je n'ai pas compris de qui on me parlait. Michel a toujours cheminé à nos côtés, mais il n'a jamais réellement vécu avec nous. Il a des enfants, ils vont arriver. Je ne suis pas son fils, mais il m'accompagne dans la vie presque depuis ma naissance.

Le groupe de soignants me regarde avec douceur. Je n'ai pas à me justifier. Je suis là et ça n'est pas pour rien. Ils m'interrogent avec attention, essayant de comprendre quelle est sa famille, qui sont ses proches, d'où je parle.

Le médecin m'écoute, il prend des notes. Sur sa feuille, il esquisse le schéma de l'entourage de Michel. À la manière du géomancien, il cherche dans les plis du langage les figures de la cosmogonie familiale de son patient et les place dans leur maison symbolique. Je retrouve l'attention bouleversante de ces équipes de soins palliatifs. L'intelligence de l'accompagnement de la fin de vie qui ne se borne pas à l'état civil. Il me fait une place sur son schéma, à la périphérie mais pas loin.

Le lendemain, dans le fauteuil beige de sa chambre, Michel a vaguement repris connaissance. La chaleur du soir filtre par la fenêtre entrouverte. Le murmure des feuilles des platanes berce la pièce d'un doux bruissement. Avec le souffle léger du vent, son esprit s'en va doucement. Je parle seul, il n'a plus la force, ni la lucidité pour répondre.

À la nuit tombée, je m'apprête à le quitter, peut-être pour la dernière fois. J'ouvre la porte sur le silence feutré du service. Je me retourne encore une fois vers lui. Sa respiration haletante, un hochement de tête en sursaut, le cou étiré par l'esquisse de son sourire aux lèvres pincées. Au bout du souffle, épuisé, il me prévient : « Salut, vieux. »

*

Oh ! tu sais bien
que si je consens
à vivre – à paraître
t'oublier –
c'est pour
nourrir ma douleur
– et que cet oubli
apparent
jaillisse plus
vif en larmes, à
un moment
quelconque, au
milieu de cette
vie, quand tu
m'y apparais...

Stéphane Mallarmé

*

La salle plongée dans l'obscurité, nos yeux rivés sur le balayage hypnotique en noir, blanc et gris de l'écran. Dans le nuage du radar, un vaisseau surgissant des profondeurs infinies du néant, scintillant comme une étoile, un point blanc, se met à clignoter. Un signal, une trace lumineuse. Une variation du genre de celles que rêverait d'intercepter un astronome en quête d'extraterrestres. Le petit haut-parleur de la console retransmet l'écho sonore du surgissement, telle une tôle fouettée dans le vent. Dans le bruit blanc, la réception radio semble lointaine, les battements du cœur tambourinent. Le mien bat la chamade à chaque échographie. Rappelant l'insoutenable espérance des premières retrouvailles amoureuses, j'ai, chaque fois, le souffle compacté par mon corps fébrile d'impatience et de manque dans l'attente de ressentir à nouveau les pulsations du haut-parleur de l'échographe. L'émoi des battements toujours recommencé.

Sur les trois images, elle regarde en l'air, elle regarde vers la gauche, elle regarde vers le bas, sa bouche oscille ; sa moue, ses yeux stupéfaits de vivre, son sourire. Le faire-part est en triptyque.

Imogène, ma fille, est née. Paul est devenu grand-père au printemps.

À l'été, sous les cerisiers du verger du Luxembourg, Imogène gazouille, les yeux dans la lumière du kaléidoscope créé par le vent dans les feuilles scintillantes de soleil. Perchés dans les arbres, mon père et moi cueillons les dernières cerises et les premières mirabelles. Paul semble transporté par l'atterrissage de sa petite-fille dans son existence. Nos vies sont bouleversées bien sûr, la sienne en est changée.

À l'automne, nous invitons nos proches à fêter en même temps que la naissance d'Imogène mon anniversaire de 35 ans. Une de ces grandes fêtes où famille et amis se retrouvent et se mélangent dans la lumière des guirlandes de guinguettes. Une de ces grandes fêtes où l'on a à peine le temps de voir ceux qu'on aime. Et je ne l'aperçois pas. Paul ne vient pas. Le lendemain, je l'appelle en m'inquiétant de savoir s'il va bien, s'il ne s'est pas trompé de jour – mais comment aurait-il pu ? Au téléphone, le ton un peu gêné, Paul me répond simplement : « Tu sais, il y a des fantômes… »

*

Le voile gris du ciel semble n'avoir jamais laissé passer la lumière, les dalles de gravier paraissent teintées d'une humidité permanente ; sur les plates-bandes, tout ce qui pousse est déjà mort. L'alignement du pavage, la géométrie des huisseries d'aluminium vert pomme et les arêtes du bâtiment de béton des années 80 quadrillent l'image sans poésie. Une haie défraîchie, cernée de bordures de ciment cassées, sépare le parking du reste de la zone périurbaine sans âme d'une banlieue de Nantes. Ici, rien n'est fait pour les humains, les pauvres, ceux qui circulent à pied. Il n'y a pas de trottoir pour les chômeurs. À l'entrée du bâtiment, un kakemono, décollé pour partie, claque dans le vent : pôle emploi.

L'image est frontale. Sans perspective ni point de fuite. Au premier plan, au sol, sur les dalles noircies par le temps et la terre ruisselée, une vague trace plus claire laisse apparaître la couleur d'origine du dallage. Une trace en négatif de la marque calcinée effacée à la va-vite au Kärcher. Djamal Chaar s'est immolé par le feu devant son agence Pôle Emploi, le 13 février 2013.

À cette époque, en France, une personne s'immolait par le feu tous les quinze jours sur la place publique. Une personne tous les quinze jours, et pourtant ces drames ne faisaient l'objet que de rares entrefilets dans la rubrique « Faits divers » des sites de presse locale. Une personne tous les quinze jours entre 2011 et 2013, c'est la statistique que nous avions pu élaborer avec mon amie journaliste, Olivia, après trois années d'enquête et de consignation de chacun de ces actes.

Mme E. s'est immolée par le feu
devant la mairie de Saint Denis
le 11 mars 2011

Rémy Louvradoux s'est immolé par le feu
devant son agence France Télécom – Orange à Mérignac
le 26 avril 2011

Lise Bonnafous s'est immolée par le feu
dans la cour du lycée Jean-Moulin à Béziers
le 13 octobre 2011

Manuel Gongora s'est immolé par le feu
devant les locaux des services de la propreté de Vénissieux
le 19 juillet 2012

Jean-Louis Cuscusa s'est immolé par le feu
devant la Caisse d'allocations familiales de Mantes-la-Jolie
le 8 août 2012

Un salarié de l'hôpital s'est immolé par le feu
devant le CHU de Nancy
le 11 septembre 2013

...

Les moines tibétains s'immolant en signe de protestation contre l'occupation chinoise étaient moins nombreux. En France, en démocratie, ces drames tirés un à un de leur oubli, nous constations que les deux tiers s'étaient produits devant des lieux de service public. Et pourtant rien de cette contestation sourde, aucun de ces cris adressés au collectif, ne nous était parvenu.

Pendant trois années, nous nous sommes rendus sur les scènes laissées vides de ces appels silencieux. Il n'y avait rien à voir de ces sacrifices ultimes. Il n'y avait rien à voir à l'entrée d'une CAF, sur le parking d'une agence France Télécom ou dans la cour d'un lycée. Il n'y avait rien à voir d'autre que des bouts de trottoir et du béton. Des lieux d'un banal désarmant. Des non-lieux. Il semblait ne rien y avoir à photographier de ces drames dont nous ne prenions parfois connaissance qu'avec des mois de retard. Il n'y avait rien, si ce n'est un ordinaire familier.

Il n'y avait rien, mais, lorsque nous savions ce qui avait pu s'y dérouler, marcher là était impossible. Comment se figurer autre chose que l'horreur ? Comment fouler ces sols sans penser à ces récits ? Il n'était plus possible de les voir autrement que hantés par ces drames. Il fallait donner à voir cet invisible, l'impalpable. Les disparus.

*

Sur le sol du carrefour d'une rue fréquentée de Saigon, le moine bouddhiste Thích Quảng Đú'c est assis en position du lotus. Derrière lui, la foule, quelques moines disciples et un jerrican. La traînée d'essence s'est enflammée tout autour de lui. Balayée par le vent, la gerbe de feu traverse l'image de gauche à droite. Dans le souffle des flammes apparaît le visage paisible du bonze de trois quarts face, les yeux clos. Le corps en torche.

L'image de Malcolm Browne, réalisée en 1963, a fait basculer l'histoire du Viêt Nam. Il suffisait aussi d'avoir vu cette image une fois pour être impressionné à jamais par l'effroi des flammes et la violence du drame d'une immolation par le feu.

Dans le cas des immolations françaises, il ne nous était évidemment pas possible, et heureusement, d'être là au moment où ces actes de contestation ultime se déroulaient. Il aurait été obscène de faire de ces éclats un spectacle. Il n'était pas nécessaire de chercher à montrer quoi que ce soit de ces événements. Au contraire.

Je photographiais ces lieux laissés vides de traces, de façon systématique et cadastrale. Le décentrement de l'objectif de la chambre photographique me permettait de réaliser des images sans perspective. Je cherchais à symboliquement impressionner le film de la latence des lieux et révéler les traces rémanentes de l'éclat de ces actes à la surface de l'ordinaire. Ces photographies d'endroits banals et familiers dialoguaient avec le récit de ce qui s'y était déroulé. Telles des stèles, le nom, la date, l'histoire et les mots de résistance des disparus. La frontalité de l'espace visuel resté silencieux laissait, en creux, la place à chacun pour convoquer ses propres images d'immolations et se figurer le drame, intimement. Sur l'image insolée dans l'imaginaire, les appels de ceux qui étaient passés à l'acte trouvaient leur chambre d'écho.

Loin de la distance à l'événement de Capa, loin de l'actualité, mes images ne montraient presque plus rien. Toujours j'avais placé l'humain au cœur de mes photographies. Ici, les corps avaient disparu. Les lieux s'étaient dépouillés. Mes images n'étaient plus que des surfaces d'écoute pour les textes. Dans la résonance de ces échos, l'inmontrable prenait corps avec pudeur. Mes images parlaient sans montrer. Ensemble, elles portaient les voix de la contestation ultime et criaient le démantèlement de nos services publics.

Je trouvai là un nouveau format de récit, une forme photographique nouvelle que nous rendions à l'espace public en la diffusant sur le web.

Pour l'exposition des images, je cherchai pour la première fois le grand format, la dimension d'immersion et la distance au texte qui engageraient le spectateur, corps et âme, dans cet espace de résonance imaginaire.

J'ai voulu que le livre *Le Grand Incendie* ait des allures de fragile pierre tombale. Je ne me suis pas dit que je cherchais à faire une sorte de sépulture, je ne me suis pas dit qu'en m'attachant à ces disparitions je voulais faire image du vide. Mais il m'a bien fallu me rendre compte que j'avais commencé à ne plus photographier les gens.

*

« Une page de l'histoire du Luxembourg se referme », titrait le *Luxemburger Wort*, le journal national du grand-duché. Léon est mort le 5 juin 2011, à 96 ans. Et Marc ne l'a pas photographié.

Quelques semaines plus tard, je téléphone à Paul, inquiet pour lui. Je lui demande comment il vit ces premiers jours après la mort de son père. Il expire un de ses longs soupirs libérant son soulagement et me dit : « Je vais tellement bien depuis qu'il est mort ! »

Il refuse de répondre à ses frères et cousines qui souhaitent au plus vite se rendre chez le notaire. Lui refuse tant que quarante jours de deuil ne se seront pas écoulés.

La maison de l'avenue de la Faïencerie a été vendue. Avec son héritage, Paul avait de quoi continuer à vivre chichement dans son studio perché sur la butte de Montmartre. Tout a été vendu, mais la perspective qu'il ne reste rien de la mémoire des Bollendorff au Luxembourg lui était un crève-cœur. Près de la frontière allemande, à Wasserbillig, dans le village où la grand-mère de Léon avait été sage-femme, il y avait le petit appartement de la vieille cousine Maria. Un pied-à-terre perdu dans les confins du pays minuscule, que Paul a bataillé pour garder. Il est désormais propriétaire d'un autel à la mémoire du nom de son père. Il ne finira pas sous les ponts.

*

Dans le nuage noir, blanc et gris du radar de l'échographe, un autre point blanc s'est à son tour mis à clignoter. De nouveaux battements de cœur ont tambouriné à la porte de l'existence. Et Gaston est né.

Mon père, patriarche à longue barbe, commence à s'occuper d'Imogène le mercredi. Puis de ses deux petits-enfants, chaque semaine. Et Paul, libéré, devient PapyPaul.

*

Le panoramique de 26 028 000 pixels réalisé au smartphone doit traverser la planète à partir d'un lointain *cloud*. Sur l'écran, le camembert se charge lentement et l'image s'affiche, éphémère et virtuelle. Le simple fait de la regarder coûte plus de deux cents grammes de CO_2. Les *data centers* et les images sans matière ont remplacé les albums.

Sur le panoramique, les murs blancs du Centre national de l'audiovisuel de Dudelange, au Luxembourg, et les affiches des récits du *Grand Incendie*. Sous les images grand format suspendues dans le vide face à face, Gaston joue à courir comme un enfant courrait entre les pierres tombales d'un cimetière sans s'embarrasser des disparus. Sur le banc blanc, au bord de l'espace, PapyPaul feuillette le livre, l'œil bienveillant en coin sur les jeux de son petit-fils.

Le CNA m'avait proposé d'organiser l'exposition de mon travail sur les immolations. Le vernissage avait lieu par hasard le jour de mon anniversaire. J'avais profité de cette coïncidence pour inviter ma famille luxembourgeoise à se réunir. Marc et ses enfants étaient venus de Luxembourg-Ville ; mes cousines Esther et Sarah avaient fait le déplacement de Belgique et d'Allemagne. PapyPaul était passé à l'école l'après-midi pour récupérer Imogène et Gaston et, ensemble, ils m'avaient rejoint par le train pour l'ouverture de l'exposition. J'avais 41 ans.

Onze ans plus tôt, dans la voiture rentrant du Luxembourg, Paul m'avait parlé. Longtemps, je n'avais pas su quoi faire de cette parole abyssale. Avec ce travail, j'avais l'impression d'avoir réussi à former une image de la disparition. Pas une image de *Boris*, bien sûr, mais une figuration indescriptible, une forme latente, un écho silencieux à ce vide.

Avec cette exposition et cette réunion familiale, j'écrivais dans ma tête un nom en mémoire du disparu et j'avais, en secret, l'idée que nous rentrions d'une forme d'exil. Nous allions recouvrer ensemble le Luxembourg et pouvoir reprendre le récit de l'album familial.

Le soir, nous dînons chez Marc. Mes cousines moquent gentiment les sujets sordides auxquels je me consacre. Imogène et Gaston, cotillons et chapeaux pointus, sur mes genoux, soufflent mes bougies. Je prends mon père en aparté et, discrètement, je lui offre mon livre et lui dit : « Boris, j'en ai fait ça. »

*

« Je me suis mariée à 18 ans, j'ai eu mon premier enfant à 18 ans, il est né un 18, j'ai habité au 118, on a acheté une maison au 18, je me suis mariée dans une Renault 18… et mon numéro de body de majorette est le numéro 18. »

Cheveux décolorés, plume noire, filet à chignon teint chair orné de diamants en plastique, bottes cirées blanches et lacets dorés, body lycra or à flammes violettes garni de deux mille paillettes cousues une à une à la main, les poignets cerclés de manchettes noires à rosaces brillantes, bâton Starline modèle SUPER STAR : Jessica contemple la jupette de son nouveau costume de parade.

Au rez-de-chaussée de la maison, des posters d'orchidées et des roses imprimées sur toile, le papier peint a des effets matière en serpentins argentés ; sur l'horloge murale, au-dessus du buffet, les graduations du temps en boules nacrées gravitent en constellation. À la table du salon, transformée en métier, Cloclo n° 18 et trois générations de majorettes s'affairent à la couture des paillettes des bodies des Coralines. Dans le creux de son transat, Nathan, deux mois, dort bercé par le son de la machine à coudre.

La recherche de nouvelles formes d'écritures photographiques pour continuer à faire résonner mes images m'avait conduit à travailler avec mon ami Mehdi, documentariste sonore. Nous cherchions à faire dialoguer l'image fixe et le son, jouant des décalages et stimuli asynchrones entre l'espace du cadre que nous donnions à voir et le temps du son que nous faisions entendre. Nous cherchions à créer une membrane, un espace-temps laissé libre à l'imaginaire du spectateur niché entre l'audio et le visuel.

Le cadre plan et fixe, la photographie, se faisait surface d'écoute, libérant la fantasmagorie nourrie par les récits et le hors-champ sonore. Non seulement l'image n'était plus muette mais le son lui ajoutait une autre dimension, une profondeur acoustique, il la prolongeait délicatement dans un temps documentaire onirique. Nous l'avons appelée la *photographie parlante*.

Nous voulions travailler sur les passions post-industrielles du bassin minier du Pas-de-Calais. Nous nous refusions à porter un regard social triste sur ce territoire malmené par l'emploi, nous voulions réaliser un conte documentaire passionné, léger et poétique. Nous rencontrions des majorettes, des porteurs de géants, des éleveurs de pigeons voyageurs, de canaris ou de coqs de combat, aux sons des harmonies et des orgues de Barbarie. La poésie des mots des héritiers de la mine, l'attente surannée des pigeons de Freddy Gros Bleu, l'inquiétude du coq Petit Bleu à son entrée sur le ring, les entraînements des Coralines avec Cloclo n° 18 et sa famille de majorettes, les bals des géants Binbin, Jean-Balthazar, T'chio Blaise ou Margot la Fileuse et l'amour que leur vouaient leurs porteurs : tout nourrissait l'écriture fantasmagorique du conte.

« Quand je danse, ben, j'oublie, j'oublie tout. J'oublie le jour, j'oublie l'heure, j'oublie comment je m'appelle, j'oublie, euh... Je suis dans mon monde... ça remplit tout... Je suis aussi grande que la Terre. »

Cloclo n° 18 était fraîchement grand-mère, deux fois. Dans le salon transformé en atelier de couture, nous avions terminé nos enregistrements et nos images du jour, nous discutions pour le plaisir d'étirer le temps, de rester blottis dans la chaleur de leur accueil pendant qu'elles s'affairaient à coudre des milliers de paillettes. Nous parlions du froid de novembre, du lancer de bâton et des bébés. Cloclo n° 18 évoquait la date des baptêmes à venir. Sa fille et sa belle-fille avaient prévu une cérémonie commune, à l'automne suivant. Un an après la naissance des petits. Je me suis étonné d'un tel délai. Il me semblait que la sagesse populaire voulait que les familles catholiques baptisent au plus tôt leurs nouveau-nés afin de les soustraire aux limbes en cas de drame.

Quelques semaines plus tard, à Noël, *Cloclo n° 18* s'affichait sur l'écran de mon téléphone. Lorsque j'ai décroché, je n'ai entendu que le drame et les pleurs de Claudine. Nathan, mort subitement, était condamné à l'errance dans les limbes.

Nous avons bien sûr proposé aux majorettes de les laisser tranquilles. Mais elles ont souhaité continuer, elles ont réécrit leur programme et repris leurs entraînements. Le groupe des Coralines faisant corps autour du deuil terrible de la famille.

Nous étions venus sur les terres du Nord légers et nous étions rattrapés par le drame. Nous ne pouvions pas occulter cette histoire, je ne pouvais pas y être étranger. La chaleur, la fraternité et l'amour les portaient et nous étions les témoins de cette humanité. Embarqués dans la rage de vivre. Nous filmions.

Les majorettes dansaient contre l'oubli et les mauvais morts, elles frappaient le sol de leurs bottes blanches à lacets dorés, elles convoquaient les esprits. Nous filmions les pigeons voyageurs tels des messagers des géants d'osier. Nous filmions les géants comme autant de figures ouvrières du Nord disparues, portant depuis les nues des regards bienveillants sur nos frêles âmes terrestres. Nous filmions la *parade* de ces charmeurs de mémoire. Dans notre rêve, Nathan se faisait Géant. Et avec lui les disparus.

*

Imogène, la main sur l'épaule de Gaston, sourires crispés à l'américaine ; ils posent devant les dessins du préau de l'école primaire.

À la maison, les enfants ont immédiatement tiré de leur cartable leur pochette fraîchement livrée. En pleine page, en demi-format à découper ou en étiquettes à glisser dans un double décimètre, les *goodies* de la photographie scolaire se démultiplient chaque année : calendrier-poster, marque-page, magnet ou porte-clés. PapyPaul sort son portefeuille, découpe et ajuste à son format une des images de la planche de photographies. Il en profite pour me montrer sa collection, les images des années précédentes, qu'il garde religieusement là, tels des talismans. Il remet son condensé d'album dans son portefeuille qu'il range dans la poche de sa veste, à côté de sa blague à confiseries de métal, tenue fermée par un élastique, pleine de sucs des Vosges, de bonbons à l'eucalyptus et de gommes à mâcher.

Chaque mercredi, PapyPaul descend de son ermitage, à la main un sac plastique rempli d'une bouteille d'eau, de pain, de plaquettes de chocolat, noir pour Imogène, au lait pour Gaston, et de bananes. Pour son anniversaire, il réserve à Gaston son fruit préféré, une grenade. Chaque mercredi, PapyPaul fait les cent pas, en avance, devant la sortie de l'école. Il est connu par tous les camarades de classe d'Imogène et de Gaston pour sa longue barbe et sa boîte à bonbons. Chaque mercredi, il passe l'après-midi avec les enfants. Ils ont pris leurs habitudes à l'Anticafé, un espace de *coworking* du Xe arrondissement où le chocolat est moins cher que dans les bistrots. Chaque mercredi, PapyPaul leur lit des histoires dans les livres illustrés qu'il a chinés pour eux chez les bouquinistes. Imogène, fascinée, s'émerveille : « C'est incroyable ! PapyPaul, à chaque fois que je lui raconte quelque chose, il a justement une histoire qui a pile à voir avec ce que je viens de dire ! »

Au milieu des MacBook et des barbes de hipsters, PapyPaul, sa faconde pas *people* et les enfants sont devenus des clients VIP, avec supplément chantilly gratuit.

Ils poursuivent leurs mercredis entre les jeux de la place de la République et les squares alentour. L'ordinaire est aventure auprès de leur grand-père singulier. Ils parlent aux gens dans la rue et connaissent les SDF du quartier mieux que moi. Chaque mercredi, PapyPaul passe son après-midi sur les bancs de la place avec les mères des copains de Gaston. Il connaît tout d'elles, et je n'en connais presque rien. Chaque mercredi, ils rentrent essoufflés, en sueur ou trempés. Ils rentrent toujours en retard parce qu'ils ne voient pas le temps passer et que PapyPaul n'a pas de montre.

Imogène avouera un jour en riant qu'un mercredi, de retour d'un spectacle au Cirque d'Hiver, PapyPaul avait été tellement ébloui par les projecteurs du cirque qu'il disait ne plus rien voir, elle a pu tricher au mikado toute l'après-midi. PapyPaul ne raterait pas un mercredi et Imogène dit que c'est son jour préféré.

*

Ce jour de rentrée des classes, il aurait pu être un écolier comme les autres. Avec son short bleu et son T-shirt rouge imbibés d'eau, ses petites chaussures en cuir, les semelles tournées vers le ciel, l'enfant gît seul sur la plage turque d'Akyarlar. Face contre le sable mouillé, les vagues lui fouettent encore le visage. Cette nuit, il a été refoulé par la mer Égée. L'image de l'enfant syrien Aylan a fait le tour du monde et provoqué, un temps, son effroi.

Depuis des semaines, depuis des mois, nous étions exposés à ces images d'enfants, de femmes et d'hommes, de foules désespérées, anéanties par les routes de l'exil, marquées par le désespoir, la peur et la mort. Des centaines de journalistes, de photographes et de caméras nous rapportaient ces images quotidiennement. Nos yeux lassés derrière un voile d'indifférence, ces visages sans nom ne nous atteignaient plus. Ces images de foules désincarnées ne nous parlaient pas. Elles n'opéraient plus. Les exilés butaient contre les murs et les barbelés des frontières, et sur notre humanité désaffectée. La nuit était tombée sur l'Europe. Aylan ne fut qu'un sursaut dans notre indifférence.

Amnesty International m'avait proposé de travailler sur les violences faites aux réfugiés tout au long de leur route d'exil. Il y avait déjà eu tant de journalistes, tant de caméras, tant d'images. À quoi serviraient les miennes ?

Je passai des mois d'enquête plongé dans les ténèbres des témoignages, des rapports et des statistiques. Les faux gilets de sauvetage qui en cas de chute font couler à pic, Maria forcée d'avoir des relations sexuelles avec le passeur pour payer sa traversée, les douaniers tirant sur les embarcations pour les obliger à faire demi-tour, Sham abandonnant derrière elle les corps de son mari et de son fils enterrés dans un champ sur une île de Grèce, l'attente, dans le froid de l'hiver, dans les ordures et les excréments, qu'une frontière s'ouvre, des enfants voyant d'autres enfants mourir, la peur d'Aya et de ses sœurs transportées comme du bétail dans les camions frigorifiques, Bahar ou Nadhim victimes de ratonnades, les violences de la police française qui passe à tabac Amar et Nima à l'abri des regards, la jungle de Calais, la prostitution de Winta, jeune mineure isolée contrainte de faire des passes à cinq euros. Et la mort de Saleh, Sadik, Getenet ou de cet adolescent anonyme, percutés par les trains dans le tunnel sous la Manche. Ils succombaient sous les coups de la passivité lâche de l'Europe.

Lourd de ces histoires, je retournai sur les lieux de ces tragédies, un à un. Des hères, il ne restait que les ombres. Dans le vide, je photographiai la violence de la disparition. Le vide comme surface de projection et de figuration des récits de l'horreur.

Je regarde la mer Égée et ne vois qu'un charnier. Cinq mille personnes y sont mortes en 2015. Pendant des semaines, chaque jour, je la photographie, ses vagues et ses reflux, du large ou de la côte, de la profondeur marine à la transparence de l'écume, au calme de l'aube ou au gris de la tempête, en Grèce ou en Turquie ; je cherche l'image et les mots qui permettraient de reprendre conscience et de se figurer l'immensité du charnier que renferme la mer.

Je retourne sur la plage turque d'Akyarlar à l'aurore. Le rose du ciel arraché à l'heure bleue teinte les ombres du sable. En face, à sept kilomètres, les collines des côtes grecques se dessinent dans la douce pâleur de l'horizon. Un mince filet d'écume se réchauffe aux couleurs de l'aube. La mer, sereine.

« La mer semblait calme, les passeurs nous avaient dit que la traversée durait dix minutes. Mais les vagues étaient très fortes, le canot s'est renversé. Il faisait noir, tout le monde criait. Nous avons essayé de nous cramponner au bateau, mais il se dégonflait. Mes enfants m'ont glissé des mains. »

Les mots d'Abdallah Kurdi, Syrien fuyant Kobané avec sa femme et ses deux enfants, Aylan, 3 ans, et Galip, 5 ans, résonnent encore au matin sur la plage. Le vide du paysage pour seul écrin de mémoire. Cette nuit-là, cent soixante-quinze personnes se sont entassées sur douze bateaux pneumatiques et ont tenté de rejoindre l'île de Kos. Aucun bateau n'est arrivé.

*

Sur une falaise turque, un immeuble en construction abandonné. Un amas de béton battu par les vents dans lequel se cachaient les familles candidates à l'exil dans l'attente des passeurs. Au milieu de la poussière et des gravats, des plaques de carton, des chaussures abandonnées, des briques de lait vides, des couches usagées, des pulls d'enfants ; une couverture garde encore la forme d'un bébé endormi dans la désolation.

À la nuit tombée, en contrebas, au pied de la falaise, au milieu des rochers frappés par la mer démontée, les familles embarquaient dans l'urgence sur les frêles canots malmenés par le ressac. À la moindre réticence, les passeurs forçaient, sous la menace de leur arme, ces hommes, ces femmes et ces enfants, terrorisés, à s'entasser sur les rafiots de fortune. Précipités vers la mort.

Sur les rochers turcs, au seuil du charnier, aux portes de l'Europe, je pensais à chacun de ces disparus en mer, oubliés sur les routes, abandonnés à la terreur. La photographie ne pouvait faire entendre tous leurs cris. Il fallait faire un film. Sur les rochers turcs, au bord du charnier, je filmai finalement un plan fixe de la mer et la nuit tombant sur l'Europe.

Le noir ressac hypnotique de la mer Égée pour surface d'écoute, je cherchai la voix qui ferait entendre ces hurlements battus par les vents des profondeurs du néant. Une voix gravant la stèle de la litanie étouffée des noms des morts en mer. Une voix pour mémoire. Catherine Deneuve accepta d'être cette Marianne qui rendrait à chacune et chacun de ces naufragés un nom et une histoire.

Il fallait écrire le texte pour cette voix. Les mots qui permettraient de réincarner ces foules dont nous ne voyions plus les visages. Il y avait les faits, l'enquête, mais il fallait « réaffecter » le spectateur. Nous étions aveuglés et pourtant ces informations étaient là, ancrées dans nos consciences. Il fallait nourrir nos imaginaires, reconvoquer les images auxquelles nous avions été exposés mais que nous ne voulions plus regarder, en produire de nouvelles, marquées des noms et des témoignages. Il fallait révéler les histoires et les vies des images recluses dans les plis de nos mémoires. Et voir avec les yeux de l'esprit.

Pour la première fois j'osai m'affranchir du dernier héritage dogmatique du journalisme dans lequel je m'étais construit. Pour la première fois j'osai écrire à la première personne. J'écrivis JE, sans avoir peur. Je pris la parole pour dire et faire dire aux images : *Je me souviens.*

*

PapyPaul était occupé à jouer avec les enfants et il s'était fait voler sa veste et ses papiers sur le banc d'un square. Il n'avait plus de papiers.

De mon côté, je n'avais pas renouvelé mon passeport luxembourgeois parce que les autorités micro-locales suspectaient mon père d'avoir demandé la nationalité française. Il n'avait jamais fait ce type de démarche en France mais il trouvait absurde d'avoir à produire un certificat de l'administration confirmant qu'il n'avait pas fait cette demande. Il refusait de céder à cette injonction administrative et j'imaginais mon dossier en suspens sans cette confirmation. Depuis vingt ans.

Je profitai de ce larcin pour l'accompagner au service des passeports du Luxembourg. À ses côtés, je demandai innocemment si le renouvellement de mes papiers était possible. Après vingt ans sans trace de ma nationalité luxembourgeoise, je découvris que mon dossier était finalement en ordre et j'appris, avec mon père, qu'Imogène et Gaston étaient luxembourgeois eux aussi.

*

Gaston m'attend, je tarde à finir de me préparer, il est impatient d'aller retrouver son grand-père. Il trépigne, me presse et, espiègle, me dit : « Mais papa, qu'est-ce que t'attends ? Que PapyPaul ait des dents ? »

À la table de la cuisine, son grand-père aide Imogène à faire ses devoirs de géographie, je prépare le dîner. Elle lui demande l'explication du mot « habitat ». Tout en versant les légumes dans la poêle, je me mêle d'une conversation qui ne me regarde pas et je prends l'exemple de Paris pour répondre à Imogène : « Ici, l'habitat, c'est des maisons ou des appartements dans des immeubles. » Mais c'est PapyPaul qui l'aide à faire ses devoirs et derrière moi j'entends qu'il ajoute : « Ou vivre sous les ponts. »

Notre-Dame brûle, c'est l'anniversaire d'Imogène. Elle a 10 ans. Le mercredi suivant, elle confie à PapyPaul sa contrariété d'enfant de voir associée sa date d'anniversaire à celle d'une catastrophe. Il ne lui parle pas des tours du Val-Fourré et de sa façon de célébrer les anniversaires, mais il lui dit : « Mais moi, j'habite à Notre-Dame, puisque j'ai acheté l'appartement de la cousine Maria ! Marie, c'est Notre-Dame ! Et moi je suis né avenue Victor-Hugo. C'est pour ça que, chaque jour, je dois décider d'être Quasimodo ou l'affreux curé. »

Puis il se tourne vers moi et ajoute en regardant les enfants : « Je m'émerveille chaque jour de ce qu'ils sont et du bonheur qu'ils me procurent. Ils me sortent de Ça ! »

Et il poursuit : « Je dois rendre grâce à Michèle de m'avoir forcé la main. Y compris pour que tu existes. Et peu à peu de m'en sortir. Et aujourd'hui, à 75 ans, d'arriver à une sorte de bonheur. »

*

Le printemps s'étirait, je venais de terminer mon travail *La nuit tombe sur l'Europe*. L'exposition sous la Canopée des Halles à Paris et le film diffusé sur le site du journal *Le Monde* avaient rencontré un certain succès. Il me restait quelques semaines avant la coupure de l'été et, porté par cette énergie, je contactai le collectif Les Morts de la Rue.

Sous l'écrasante masse métallique bleutée du pont de l'Alma est installée sur le béton de gravier une couche de cartons avec un matelas blanc plié en deux et une natte de paille à liséré rouge. Quelques débris de verre, des capsules de bière, des mouchoirs et des taches d'urine, une bouteille d'eau en plastique vide posée contre le mur. À droite, la Seine. Sur l'autre rive, les arbres apportent un peu de fraîcheur aux péniches amarrées au pied du Grand Palais.

Homme sous X,
retrouvé le 26 novembre 2016 dans la Seine
au niveau du pont de l'Alma – Paris.
Cheveux crépus rasés. Yeux marron. 1 m 83, 70 kilos.
Vêtu d'un blouson noir, veste grise, pantalon marron,
chemise grise à carreaux. Un téléphone sur lui
qui n'a pas permis de l'identifier.

Le collectif Les Morts de la Rue fait un travail monumental et infime, cherchant à récolter des informations sur les morts sans abri. Une quête pour quelques mots, quelques bribes d'histoires qui permettraient de ne pas inhumer ces effacés dans le silence. Ils trouvent parfois de quoi identifier ceux qui ont disparu sans nom pour ne pas les laisser enterrer dans le carré des indigents. Depuis des années, j'étais bouleversé par leur travail. En photographiant ces lieux de disparition, je pensais enfin pouvoir faire image de la rue, enfin faire quelque chose de mon inquiétude du *vivre sous les ponts*.

Je sillonnais la rue et photographiais là un bout de trottoir, ici le banc d'un square, le fond d'une place de parking souterrain, le hall d'un immeuble, le retrait d'une issue de secours, les bords de la Seine. J'errais dans Paris et ses non-lieux, vides de traces, sales d'absence et d'indifférence. Je photographiais, toujours sans perspective, l'isolement éclairé de silences. Je photographiais l'oubli. *Mourir sous les ponts*. C'était trop de noirceur. Jamais je n'avais photographié sujet aussi triste.

*

La trêve estivale n'a pas suffi. Ces premiers jours de septembre, le vide des lieux des *morts de la rue* me happe toujours de leur effroi anonyme. Au poids des histoires des réfugiés s'est ajouté celui d'autres morts, d'autres disparus. J'ai enchaîné directement ces deux travaux, oubliant qu'il m'avait fallu du temps après *Silence*, ou après *Le Grand Incendie*. Il faut du temps pour se remettre des blessures de chacun de ces sujets. Ils sont si lourds. Il faut du répit pour se retrouver avant de pouvoir s'exposer à nouveau.

L'été n'a pas suffi à me remettre d'aplomb. Quelque chose en moi a dévissé, et cette première semaine de septembre, toutes les journées, à n'en plus finir, je pleure.

Je pleure les larmes d'une tristesse remontée des confins de l'âme. Mes larmes sont enfantines, je le sens. J'erre dans les rues, aveuglé de tristesse, jusqu'à ce que j'appelle mon père, noyé de pleurs. Il me retrouve immédiatement au pied de la Butte et nous continuons à marcher. Sur le trottoir de l'avenue Trudaine, je lui dis : « C'est encore Boris. »

*

Sous le soleil de ce dimanche de septembre, nous marchons et je pleure comme un enfant. Je raconte à mon père combien mes derniers sujets ont été lourds. Je n'arrive pas à me remettre de la tristesse des histoires de ces disparus. Je m'enlise dans un chagrin déraisonné. Dans mon obstination à faire entendre des mots pour les morts, à écrire leurs noms, je me suis abîmé, croyant savoir ce que je cherchais. Mais édifier des stèles ne suffit pas à m'apaiser.

Qu'ai-je à fouiller dans l'inquiétude des limbes ? J'ai beau ne croire en aucun salut post-mortem, ni à la vie embryonnaire, je suis débordé de peine, pris dans un deuil sans fin. Et je pleure. Je lui demande comment il fait, lui. Mon père me répond, sûr de lui : « Mais Boris n'est pas dans les limbes, je l'ai baptisé. Boris est un ange. »

J'entends là la conviction d'un croyant. Je l'imagine baptisant l'enfant dans le ventre d'Alice avant de pratiquer l'avortement. Paul réfugié dans la mystique de l'Église. Ça n'a pas de sens pour moi, mais je suppose que pour lui l'ondoiement a pu garantir le salut de leurs âmes. Je m'apprête à entendre le recours biblique exalté de Paul. Mais il continue : « C'est un ange ! J'étais un faiseur d'anges, comme on dit. »

Simone de Beauvoir n'avait pas encore rédigé le manifeste des 343, Simone Veil n'avait pas encore sauvé tant de femmes. Elles étaient trois cent mille à avorter clandestinement chaque année, trois cent mille à risquer la prison. Trois cent mille à prier pour ne pas mourir derrière le rideau des « tricoteuses ».

Ainsi, comme les faiseuses d'anges, Paul, jeune interne en médecine, était militant. Il avait bravé l'illégalité de l'avortement en aidant les filles de sa génération, à qui la loi interdisait de disposer de leur corps. Son *crime*, tel qu'il l'appelait, aura été de pratiquer lui-même l'avortement de sa femme. Cela n'enlevait rien au « scandale pour l'âme », comme il dit, mais l'activisme militant et son combat au côté des femmes étaient pour moi une fierté libératoire.

Paul était faiseur d'anges.

Puis, revenant sur les disparus dont les histoires me hantent, il conclut : « Tu ne peux pas t'occuper des autres si tu n'es pas apaisé. »

*

Sous ma fenêtre, j'ai vu les hères oubliés à la mort dans la rue. Plus loin, j'ai vu les services publics abandonner les plus fragiles jusqu'à ce qu'ils s'immolent devant les lieux de leur isolement. Aux portes de l'Europe, j'ai vu des milliers de cadavres laissés au seuil du projet européen, idéal de société, d'humanisme et de démocratie. Quelle que soit la portée de mon regard, je me suis efforcé de faire mémoire pour ces disparus, mais je reste sidéré par le délitement de nos humanités.

J'ai voulu poursuivre ce constat en regardant encore plus loin. J'ai fait le tour de la Terre, gravi les pentes du Vésuve souillées par la Mafia, foulé les plaines russes contaminées par l'armement chimique, dérivé sur les fleuves morts du Brésil, côtoyé les cancers aux hydrocarbures des Indiens du Grand Nord canadien, respiré le nuage de Fukushima et navigué sur le continent de plastique ; j'ai vu ces territoires démesurés laissés impropres au développement de la vie. J'ai fait le tour de la Terre et la planète m'est apparue si petite, si fragile, profanée par l'homme aveuglé par ses industries chimiques, minières ou nucléaires. Ces pans entiers de la Terre souillés de méthane, d'acide prussique, de phosgène, de phosphore rouge, d'oxyde d'éthylène, de chlorure de vinyle, de phénol, de dérivés d'arsenic, de cyanure, de chlore, de sulfure d'hydrogène, de soude caustique, de pétrole, de bisphénol, de DDT et de PCB ; des molécules et produits de synthèse, cancérigènes ou perturbateurs endocriniens, dont la concentration dans les sols, les eaux et la chaîne alimentaire prendra des décennies, des siècles, parfois des milliers d'années, à se dégrader.

Du trottoir d'en bas de chez moi à la planète dévastée, j'étais en train de clore ce récit avec la série *Contaminations ou Après moi le déluge.* Mais je voulais réaliser une dernière image.

*

Victoria et Violeta, femmes de Calama, au Chili, errent depuis vingt-huit ans dans le désert d'Atacama. Elles remuent la terre à la recherche de fragments d'ossements ; des traces de calcium qui leur permettraient d'identifier l'ADN de leurs proches disparus sous la dictature chilienne. Des milliers d'opposants politiques ont été assassinés par l'armée du général Pinochet, les corps de certains d'entre eux sont encore disséminés dans les sables du désert.

Installés dans ce même désert, dont le ciel est d'une pureté si grande qu'il est un des meilleurs points de la planète pour observer l'espace et les étoiles, les astronomes des télescopes géants traquent eux aussi l'invisible et le calcium. Le calcium formé pendant le big bang. Le même que celui dont sont faits nos corps. Le calcium de Lavoisier, ni perdu ni créé, là depuis le commencement. Avec leurs lunettes de huit mètres de diamètre pointées vers des étoiles de treize milliards d'années, ils sondent les galaxies, étudient les mouvements de la matière et ses propriétés chimiques. Tournés vers le passé, ils fouillent dans la mémoire, plus loin que la lumière.

Patricio Guzmán a fait se rencontrer ces femmes et ces astronomes dans *Nostalgie de la lumière*, une ode cosmique aux disparus. Il concluait son merveilleux film par ces mots : « Je pense que la mémoire a une force de gravité. Ceux qui ont une mémoire sont capables de vivre dans le fragile temps présent. Ceux qui n'en ont pas ne vivent nulle part. »

Dans le noir du désert, les étoiles ne scintillent ni ne brillent, elles illuminent. Ici, la Voie lactée est si lumineuse qu'elle projette des ombres sur le sol. Au crépuscule astronomique, l'éclat des astres est presque chaud dans l'immensité du ciel. Mars, Vénus, Saturne, on pourrait les cueillir dans la pépinière stellaire. Certains nuages interstellaires sont violets, les nébuleuses roses, certaines brillent de bleu et de rouge, leurs noms surgissent tels des mythes, Orion, Céphée, Andromède, Cassiopée, Omega, les Yeux de la Vierge ou l'Hydre ; plus loin encore, dans l'infini des poussières de lumière, au bord de la Voie lactée, les nuages de Magellan, deux galaxies voisines, sont de passage depuis deux milliards d'années.

Pour photographier les astres et capter les étoiles les plus lointaines, les plus faibles, il faut trouver une étoile éclatante pour faire la mise au point en jouant sur la diffraction de son scintillement à l'aide d'un réseau très fin, un masque de Bahtinov. Il faut calculer précisément le rapport de la taille de la fenêtre d'obturation et de la focale de l'objectif afin d'obtenir le temps d'exposition limite. Ici, au bord du temps, la simple rotation de la Terre est déjà si rapide qu'elle peut provoquer un flou de bougé.

Les éclats transperçant les siècles depuis des dizaines de milliers d'années-lumière insolent alors d'un infime scintillement, un point sur le capteur photographique spécialement sensible au rayonnement alpha des objets célestes.

Certaines étoiles impressionnent encore la surface sensible alors qu'elles se sont éteintes depuis longtemps déjà. On dit qu'elles sont mortes, mais leur lumière continue de nous atteindre pendant des milliers d'années. Elles atteindront encore la Terre après nous, et, longtemps encore, après l'Humanité.

Dans le noir infini du désert, je cherche à faire une dernière image. Celle de ces étoiles qui, bien que disparues, nous illuminent encore et illumineront encore par-delà nos mémoires.

De Buenos Aires, je prends un vol pour Salta, au nord du pays. De là, je franchirai la cordillère des Andes, l'ocre, le vert, le jaune, le rouge vif et le violet des roches de soixante-quinze millions d'années. J'irai me brûler les yeux au blanc des salars, je contournerai le bleu des lagunes balayées par les vents et les sables, sillonnerai entre les volcans par la *carrera muerta*, la route morte, celle qui franchit les cols où l'oxygène commence à manquer, et, le moindre pas essoufflé, j'atteindrai le plateau sans vie du désert d'Atacama, et la rive du ciel. Il faudra, là, accepter l'obscurité et apprendre à voir dans l'ombre des étoiles disparues.

*

Je quitte l'aéroport de Salta, prêt à m'engager sur cette route. Le soleil brûle le trottoir blanc du terminal. La Chevrolet s'arrête devant moi, les yeux encore éblouis. Le regard du loueur et le mien se croisent et confirment notre rendez-vous. Mes yeux se font peu à peu à la lumière et il sort de la voiture pour m'en remettre les clés. Face à moi, alors que je ne discerne pas encore son visage, il me tend la main et se présente : « Je m'appelle Boris. »

Je suis prêt à refermer cet album. Avant de publier ce récit, j'ai demandé à mon père de le lire. Il a eu ces mots : « Une tragédie n'existe que si elle est écrite. Et c'est ce que tu fais là. Comme ça, je peux me voir. Tant qu'elle n'est pas écrite, je ne peux pas prier, je ne peux pas faire un *selfie* ! »

RÉALISATION : NORD COMPO À VILLENEUVE-D'ASCQ
ACHEVÉ D'IMPRIMER SUR ROTO-PAGE
PAR L'IMPRIMERIE FLOCH À MAYENNE
DÉPÔT LÉGAL : OCTOBRE 2021. N° 144711 (98850)
IMPRIMÉ EN FRANCE

Sina-Aline Geißler
Die Wünsche der Frauen